The Allure of
ORCHIDS

兰

Mark A. Clements

[澳] 马克·A. 克莱门茨 著

徐嘉 译

北京出版集团
北京出版社

为复兴博物学做有特色的努力

刘华杰

博物学（natural history）是一种古老的探索、理解、欣赏世界的进路（approach）。它包括对事物的记录、描述、绘画、分类、数据收集和整理以及由此形成的适合本地人生存的整套实用技艺。博物学在发展过程中也演化出一些高雅形式，历史上相当多博物学著作以十分精美的形式呈现。

博物学是人类物质文化与精神文化的重要组成部分。世界各地都有自己的博物学，西方有西方的博物学，中国古代也有值得骄傲的非常特别的博物学。比较一下李汝珍的《镜花缘》与斯威夫特的《格列佛游记》也能间接大致猜到中西博物学的差异，虽然两者本身只是文学作品。

近代以来，人们很关心西方人的观念，因为他们的一系列观念（有好有坏）深深地影响、改变了世界。于是，就科学哲学与科学史这样的学科而言，对西方的科学、哲学等颇为重视。其实，不限于这样狭窄的领域，从更大的范围看，甚至从文明的层次看，也大约如此。但西方的观念并非只有科学、哲学（也未必是最好的），经过一段时间的清理和反省，如今我们看到了西方的博物学，虽然它仍然是西方的，但含义、特征并不同于以前在科学、哲学的名义下所见到的东西。我们戴着"眼镜"看世界，不是这副就是那副，不可能不戴。现在我们有意戴上博物学这副眼镜，以博物的视角看各种现象。

西方博物学最突出的特征在于西方的history而非西方的philosophy。有些人不理解，在21世纪的今天，科学哲学工作者为何那么关注"有点那个"的博物学？坦率点说，恰好因为博物学"肤浅"而不是"深刻"！显然，这不是说凡是natural history都肤浅，凡是natural philosophy都深刻，只是招牌给人一种表面的印象是这样。不过，博物的行事方式、知识特点也部分决定其成果的性质，natural history得出的结果注定与natural philosophy得出的性质不同。前者以林奈、布丰、达尔文的工作为代表，后者以伽利略、牛顿、爱因斯坦的工作为代表。在外行看来，前者容易与琐碎、杂多经验、复杂性挂钩，后者容易与统一、理论定律、和谐性挂钩。其实，许多特征是共有的。比如，数理科学家眼中并非只有简单的物理定律和生命遗传密码，现实中照样要面对各种杂乱无章；植物分类学家眼中并非只有千奇百怪的花草树木，他们也同样洞悉了大自然的惊人秩序。我相信，所有真正的学者，不管是哪一类，在其探究过程中都能感受到大自然无与伦比的精致与和谐，而这是一种无法言传的美学体验。

形而上学的简明二分有一定道理：侧重经验事实、观察描述与实验的history为一方，注重第一原理、假说推演、概念思辨的philosophy为另一方。但是，这种清晰的二分法本身也有缺陷，割裂了history与philosophy的互相渗透，它本身是一种人为抽象、化简。亚里士多德是全才，既研究物理学、形而上学也研究动物志；他的大弟子狄奥弗拉斯图深入研究植物，还被誉为西方植物学之父。化简，有收获，也是有代价的。二分法的两大类学问、探究事物的方式不应当完全对立起来，而是彼此适当竞争，在一定的时候取长补短。不过，就长期以来人们过分在乎philosophy进路并产生了多方面影响而言，现在强调另一面，即history的一面，也是一种合理的诉求。

哲学史家安斯提（Peter R. Anstey）认为近代早期有两种类型的博物学，一种是传统式的，一种是培根式的。第一种人们容易理解，从古代到中世纪，到近代再到现在，一直有脉络，形象还在，但第二种经常被遗忘。安斯提说近代实验哲学的

"第一版"就是培根的博物学方法（Baconian method of natural history），也可以说培根开创了获取知识的博物学新进路（novel approach to natural history）。培根理解的博物学，真正"博"了起来，包罗万象，这与他的实验哲学、归纳法、宏伟的知识复兴蓝图有关。在古代和培根的年代，history的意思与现在不同，正如那时的philosophy与现在的理解不同一样。现在人们能够理解牛顿的主要著作为何带有philosophy字样，并且清楚那时philosophy与科学不分；其实，那时history与科学也不分。复数形式的histories显然更不是指时间，而是指对事物的各种探究及收集到的各种事实。本来这也是history的古义，到了培根那里，研究的对象进一步扩展到血液循环、气泵等更新的东西。正是培根的这种博物学方法塑造了早期英格兰皇家学会的研究旨趣。波义耳也写过 *The History of the Air* 这样的作品，其中的history与现在讲的"历史"不是一回事；如今霍金出版畅销书 *A Brief History of Time*，难道其中的history只作"历史"解释？当然，我无意于计较词语的翻译，只要明白其中的含义，中文翻译成什么都无所谓，不过是一个代号。

我们今日看重并想复兴博物学，并非只着眼于它与数理科学的对立，而是注意到其自身具有的特点，对其寄予了厚望。博物是自然科学的四大传统（博物、数理、控制实验与数值模拟）之一，并且是其中最古老的一个。如今的博物也未必一定要排斥数理、控制实验和数值模拟。如此这般论证博物的重要性固然可以，但还不够，还没有脱离科学主义的影子。说到底，博物学不是科学范畴所能涵盖的，博物学不是自然科学的真子集。博物学中有相当多成分不属于科学，任凭怎么牵强附会、生拉硬扯也无法都还原为科学。在一些人看来，这是博物学的缺点，对此我们并不完全否认，但我们由此恰好看到了博物学的优点。成为科学，又怎么样？科学拯救不了这个世界，反而加强了世界毁灭的可能性。

博物学的最大优点在于其"自然性"。何谓自然性？指尊重自然，在自然状态下自然而然地研究事物。这里"自然状态"是相对于实验室环境而言的。"自然状态"下探究事物不同于当下主流自然科学的实验研究，它为普通公众参与博物探究敞开了大门，它同时也要求多重尺度地看世界，不能简单地把研究对象从背景中孤立出来。"自然而然地研究"涉及研究的态度和伦理，探究事物不能过分依照人类中心论、统治阶级、男性的视角，不能过分干预大自然的演化进程。历史上的博物学是多样的，并不都满足现在我们的要求，有些也干过坏事。历史上有帝国型博物学和阿卡迪亚型博物学，还有其他一些分类。

不是所有的博物学都是我们欣赏的、要复兴的，但是的确有某些博物学是我们欣赏的（或者说想建构的），希望它延续或者复兴，对此我们深信不疑。那么，究竟哪些东西值得复兴？其实现在研究得还很初步，无法给出简明的概括。一开始，不妨思想解放一点，多了解一些西方博物学。大家一起瞧瞧它们有什么特点，哪些是好的哪些是坏的，哪些对于我们有启发。中国出版界长期以来不成体系不自觉地引进了一批博物学著作，现在看还可以做得更主动一点、更好一些。

许多西方博物学家在我们看来有着天真的"傻劲儿"，一生专注于自己所喜欢的花草鸟兽，不惜为此耗尽精力和钱财。我们并不想鼓动所有人都这般生活，但想提醒部分年轻人可以做自己喜欢的事情，可以选择不同的人生道路和生活方式；西方博物学无疑展现了多样性，可以丰富我们的认知、审美和生活。

博物画与博物学一同发展、繁荣，想想勒杜泰、梅里安、奥杜邦的绘画作品与博物学描述如何深度结合、难解难分就会同意，描绘大自然的画作与描写大自然的文字服务于同样的目的。用现在的"建构论"而非老套的"实在论"哲学来理解，它们在认真地描写对象的同时也在认真地建构对象。世人正是透过文字与画作这样的媒介来间接了解外部世界的。西方人眼中的自然是什么，中国人眼中的自然是什么，博物写作与博物绘画在此都起重要作用。当我们能够欣赏西方博物画时，反过来也有助于重新认识我们自己的美术史和文化史。中国古代绘画种类繁多，与博物学最接近的大概是花鸟画与本草插图，但在掌握着话语权的文人看来，个别者除外，它们大多被归类于"匠人画"或"院画"，境界不如"文人画"。于是，赵佶的《芙蓉锦鸡图》、谢楚芳的《乾坤生意图》和蒋廷锡的《塞外花卉六十六种》这类作品，在艺术评论家看来，可能并不很高明。民间器物上的大量博物画可能更无法入艺术史家的法眼。不过，价值观一变，这些都是可以改变的。以博物学的眼光重新看世界，不但能发现身边的鸟虫和我们生存于其中的大自然，还可能看到不一样的历史与文化。

多译介一些博物学著作，也有利于恢复博物学教育。2013年我为一个植物摄影展写了一段话，抄录在此："博物学是一门早已逃脱了当下课程表的古老学问，因为按流行的标准它没有用。但是，以博物的眼光观察、理解世界，人生会更丰富、更轻松。博物学家在各处都看到了如我们一样的生命：人与草木同属于一个共同体，人不比其中任何一种植物更卑贱或更高贵；我们可以像怜爱美人一般，欣赏它们、珍惜它们。"

西方博物学不止一种类型，每一类中经典著作都不少。狄奥弗拉斯图、老普林尼、格斯纳、林奈、布丰、拉马克、海克尔等人的最重要著作无一有中译本。翻译引进的道路一定非常漫长，做得太快也容易出问题。出版经典博物学著作也不是一两家出版社能够包揽的，但各尽所能发挥特长，每家做出点特色，是可以期待的。

2015年6月21日于北京大学

澳大利亚兰花掠影

罗毅波[*]

当我第一次在西澳珀斯遇到澳大利亚本土的兰花时，我感到十分震惊，这里兰花的花形状和结构完全颠覆了我在国内对兰花的认知。尽管从书本、文献了解的知识告诉我，兰花是一个大家族，其规模在有花植物中排行第二。兰花不仅以种类众多，许多种类具有极高的观赏性、药用以及其他经济价值而受到世人关注，有关兰花独特和出人意料的吸引传粉者，以及传粉者的传粉行为和方式更是从古至今令博物学家、生物学家和众多兰花爱好者为之心折。为兰花传粉的昆虫种类繁多，形形色色，有常见的如蜂类、蝴蝶等，也有不常见的如蚂蚁、蛾类、甲虫和菌蚊，甚至果蝇等。在随后的西澳兰花之旅中，澳大利亚西部的兰花多样性之复杂，只能让我感慨大自然的神奇。

欺骗，这是对西澳大利亚兰花传粉最真实的写照。形态的模拟和气味的吸引是兰花的秘密武器，它们通过这些招数来诱骗毫不知情的昆虫为其传粉。在西澳大利亚，以骗术行走江湖的兰花种类比比皆是。兰花对于昆虫的性欺骗远比人们想象的更为神奇。有些花的形状和颜色极像雌蜂的姿态，如当把澳大利亚西部槌唇兰的唇瓣和处于交配活跃期的雌性昆虫放在一起时，所有的雄蜂都义无反顾地选择了兰花

* 罗毅波，中国科学院植物研究所系统与进化植物学国家重点实验室研究员。国际自然保护联盟兰花专家组（OSG）亚洲区委员会主席。

模仿秀——槌唇兰唇瓣。有些兰花散发的气味则与雌蜂发出的性信息素十分相似。当你站在美丽的蜘蛛兰旁边，很快你就可以看到雄性胡蜂在兰花气味的召唤下，不管不顾地降落到气味类似雌蜂的花朵上，试图与花朵交配，从而为兰花传粉。此时的雄性胡蜂完全无视你的存在，看到这些昏头昏脑的胡蜂在你周边乱飞时，你可以真正体会到兰花性欺骗的魔力。

后来去了东澳大利亚才知道澳大利亚也有附生兰。并且附生兰花的形态特征和其他地区的附生兰基本一致，至少不会让人有颠覆认知的印象。澳大利亚已经发现的兰花约有1300种，地生兰花种类占多数，包括全世界独有的在澳洲西部黑暗地下环境完成开花结实的地下兰花，这类兰花的传粉者也是常人无法想到的白蚁。在澳大利亚所有的兰花种类中95%属于澳大利亚独有种类。

事实上，早期的博物学家和博物爱好者刚从欧洲来到澳大利亚时，我想他们的第一感受可能和我有些类似。很多植物爱好者不仅对澳大利亚兰花很好奇，还纷纷拿起画笔，将遇到的奇奇怪怪的澳洲兰花画下来，带回欧洲供人欣赏。这些画作，同时也为那一时期澳大利亚兰花分类学的发展奠定了一定的基础。由马克·A.克莱门茨编写的《兰》就是这样一部将早期澳大利亚兰花画作集成的著作，包括了地生兰和附生兰等各种类型。有了这么一本书，不仅可以让你从艺术的角度来欣赏澳大利亚的各式兰花，更可以为你了解神秘的澳大利亚兰花提供一个基础指南。

不要犹豫，让我们来一个澳洲兰花之旅吧！

2022年7月14日于香山

The Allure of
ORCHIDS

目 录

绘兰之技

在摄影技术和彩色胶片出现以前，要为动、植物采像，唯一的方法就是绘画。绘画让人可以一窥全球各地的新物种。几个世纪以来，兰花让无数文人墨客神思泉涌，因为兰花花的结构和形状可谓复杂多样，千奇百怪。

卡尔·林奈命名了兰花——*Orchis*。这个词源自希腊语，意为"睾丸"，林奈是依照生长在希腊牧场上，拥有新、旧两个睾丸状块茎的兰花种类，来为整个兰花类群定名的。林奈通过描述与识别动、植物特征的方法，确定了所有现代植物学的范式。如今，虽然仍有一些植物学家认为，用文字描述新物种就已足够，但通过细致、准确的插图来呈现新物种确是植物学的一种必不可少的工具。

18世纪70年代以来，艺术家都非常热衷于绘制澳大利亚的兰花。受欧洲航海大发现的驱动，艺术家也加入了航海船队。他们的素描和油画不仅记录和报告了某些事件、行为和地点，还呈现出了他们所观察到的动、植物。这些动、植物画作既有整体草图，也有细节剖面图，质量参差不一。它们不仅是艺术品，也是重要的科学文献。很多早期的欧洲艺术家绘制动、植物，都带着对母国熟悉物种的怀念之情。也有一些动、植物画作笔法精细，色彩缤纷（通常以水彩绘制），其中就包括了兰花。

在1788年的这幅斑唇双尾兰中，第一舰队画师乔治·雷珀清楚呈现出两块块茎，林奈后来便是依此用希腊语命名了"红门兰属"。

1768—1771年，詹姆斯·库克上尉在第一次航海途中，观测了金星的运行，而博物艺术家悉尼·帕金森也在"奋进号"（Endeavour）上。这是一次重要的科学发现之旅，为了实现目标，植物学家约瑟夫·班克斯和博物学家丹尼尔·索兰德携带了20吨设备。这次航行条件艰苦，空间尤为宝贵。尽管如此，帕金森还是绘制了三幅关于附生兰花的重要画作——弯刀石斛（*Dendrobium rigidum*）、细管石斛（*D. canalicu latum*）和异色石斛（*D. undulatum*）。帕金森在"奋进号"上绘制的草图，是"奋进号"在奋力河（现在的库克敦）维修时绘制的。后来，这些画作被班克斯的学生、苏格兰植物学家罗伯特·布朗引用。1810年，布朗用科学语言描述了这些新种。

新殖民地艺术家的出现，始于约翰·亨特船长和他的见习船员乔治·雷珀。两人于1788年登上了第一舰队的"天狼星号"（HMS Sirius）。约翰·亨特是阿瑟·菲利普船长的副手，菲利普船长曾做过新南威尔士殖民地的首任总督，他自己将成为第二任总督。在亨特素描本《1788、1789、1790年新南威尔士本地的花鸟》中的众多水彩画中也包括了少量兰花。这些极富个性的画作，用色不多，显示出他并未经历过科班绘画训练。但这些画作的重要之处在于，它们清晰描绘出了金色双尾兰（*Diuris aurea*）、大蜡唇兰（*Glossodia major*，后更名为*Caladenia major*）和斑点柱帽兰（*Thelymitra ixioides*）的明显特征，说明这些种类曾经随处可见，但现在只在悉尼郊区生长。乔治·雷珀也未经过专业训练，但他的画技进步神速，很快就成了第一舰队所有科学画师中最有天赋的一位。在雷珀的众多画作中，有一幅准确描摹了斑唇双尾兰（*Diuris punctata*），这是一种当地的原生兰花，花朵如紫丁香般绚丽。

职业画师费迪南德·鲍尔是当时最杰出的植物画家之一。鲍尔搭乘马修·弗林德斯的"调查者号"（Investigator），于1801—1803年展开了环澳大利亚之旅。鲍尔在返欧途中绘制的水彩植物画，被保存在伦敦肯辛顿的英国自然博物馆（Natural History Museum）的植物馆里。这些作品如今都完好地收藏在特制

这幅画是双尾兰（*Diuris maculata*）的细节图，双尾兰也是最早被绘制成图的兰花之一。该图为费迪南德·鲍尔创作，绘于1801—1803年鲍尔搭乘"调查者号"环游澳大利亚的途中。鲍尔的植物研究对于鉴定兰花种类十分重要。

的匣子里。20世纪80年代，作为皇家植物园——邱园（Royal Botanic Gardens, Kew）——的访问学者和科学家，我在自然博物馆研究了鲍尔的画作。我带着笔记本，戴上白手套，花两天时间精心翻阅了鲍尔画夹里的每一幅澳洲兰花画作。这次经历收效甚佳，凭借画作对实物近乎完美的描摹，我可以确定很多兰花的学名。鲍尔的画作对兰花颜色和比例的准确呈现令人震惊，他呈现兰花的方式也颇有创意。和其他船只一样，"调查者号"上的空间和绘画材料也十分有限。鲍尔的原作均以铅笔绘制在尺寸不等的小张粗纤维纸上，就夹在他那些保存在博物馆的插画藏品里。一种兰花往往有数幅素描，每种植物的颜色、花部结构以及花的详细解剖都以一种颜色编号系统编码，以便后来绘制水彩画。每一张插画画的都是一个特定的种，鲍尔时常试画上两三幅，才会满意。

我们很庆幸，费迪南德·鲍尔和弗里茨·鲍尔两兄弟开始绘制这些画，并在早期绘制了很多澳大利亚土生土长的植物。通过他们的精准描摹，我们可以判定这些植物究竟是什么物种，并在重要出版物中描述并引用他们的画作。罗伯特·布朗的经典作品《新荷兰范迪门植物群的历史》（*Prodromus Florae Novae-Hollandiae et Insulae Van-Diemen*，1810）也经常被人引用，描绘了他在澳大利亚之行中发现的许多植物。他的文字叙述用词简单，用的是拉丁语，旨在和鲍尔的作品一起拉开对澳大利亚植物类群更细致综合的描述的序幕。但学界对布朗的拉丁语褒贬不一，让布朗倍觉侮辱。于是，他撤回作品，不再售卖。因为拉丁语通常较为简洁，有时候两个物种的区别只在一个单词，所以图画就十分重要了，因为图画可以帮助我们判断这株植物究竟是哪个物种。如果没有丰富的新物种画作，那么所有后继的植物学家都会倍感纠结，因为他们不知道如何将布朗的命名与合适的物种对应起来。

描述兰花物种的异同，或识别各个种的特征，以便与其他兰花比较异同，是寻找和研究兰花的主要动力。我们许多前辈植物学家和画师都想知道，当他们第一次来到兰花之国，接触到这一类植物，究竟是何种魅力打动了他们？虽然澳洲本土特有的属并不多，大多数典型的澳洲特有属都集中分布在澳大利亚，当然还

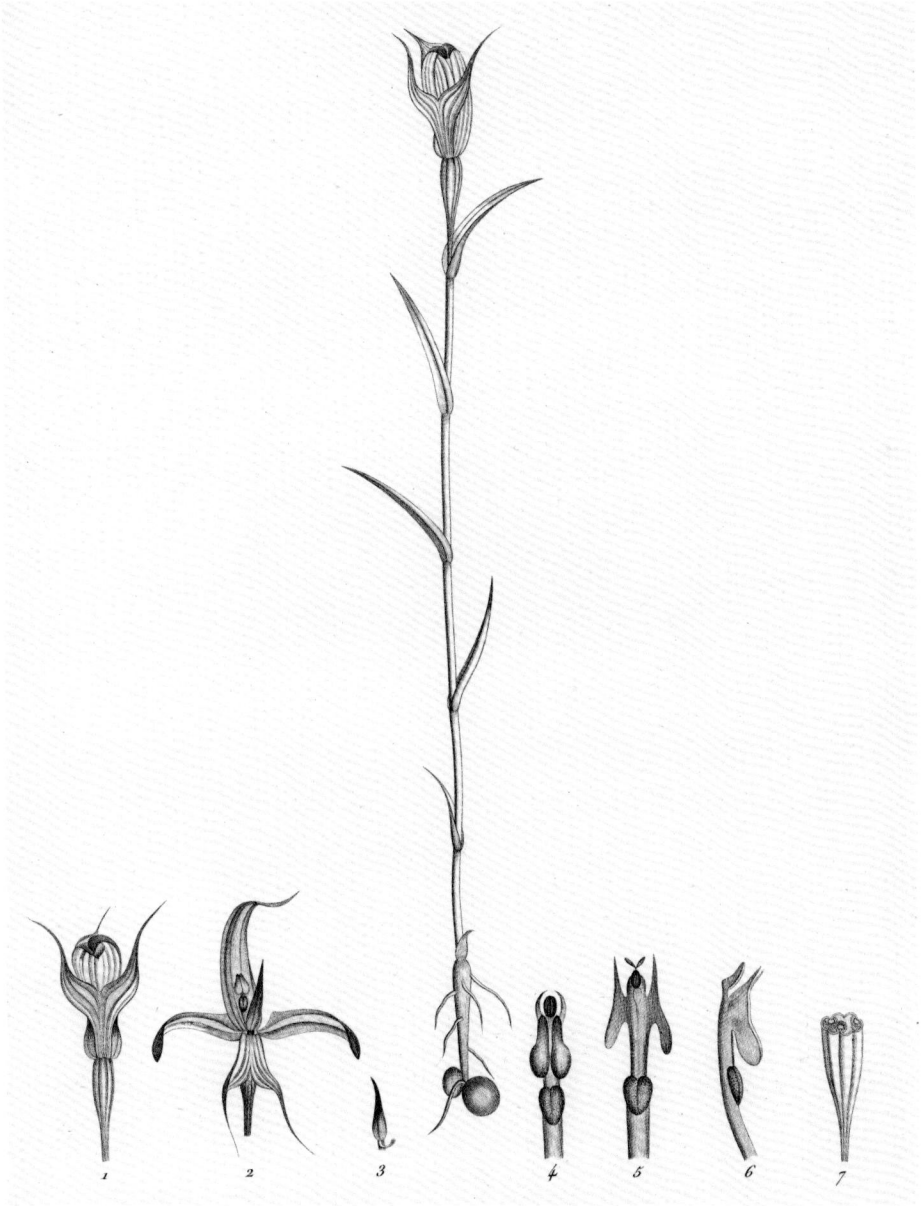

这幅图出现在雅克·拉比亚迪埃的《新荷兰植物观察》中，由皮埃尔-安托万·普瓦托和维克图瓦·普莱刻印。这株澳洲兰花被命名为具翅双袋兰（Disperis alata），而双袋兰属（Disperis）是主要分布在非洲的属。1871年，这一物种被德国植物学家海因里希·古斯塔夫·赖兴巴赫命名为具翅翅柱兰。

有一些生长在周边国家——尤其是新西兰、新喀里多尼亚、巴布亚新几内亚、印度尼西亚和东帝汶，但那些著名的兰花物种，如裂缘兰属（*Caladenia*）、胡须兰属（*Calochilus*）、双尾兰属（*Diuris*）、韭兰属（*Prasophyllum*）、翅柱兰属（*Pterostylis*）、柱帽兰属（*Thelymitra*），还是集中分布在澳大利亚。

1791—1794年，法国探险家布鲁尼·德·昂特勒卡斯托抵达澳大利亚，随行的植物学家雅克·拉比亚迪埃在塔斯马尼亚岛和西澳大利亚的西南部采集了丰富的植物标本。其中就包括5种兰花，后来收入他的《新荷兰植物观察》（*Novae Hollandiae Plantarum Specimen*，1804—1806年在巴黎出版），这本书也是当时对澳大利亚植物的最全面的记录。皮埃尔-安托万·普瓦托和皮埃尔-约瑟夫·勒杜泰两位画师也受雇于法国政府开始绘制植物，他们绘画的很多作品是由奥古斯特·普莱和维克图瓦·普莱父子俩刻印的。

很多澳大利亚兰花新种在首次被描述时，都会采取如拉比亚迪埃等植物学家们更为熟悉的命名方式，甚至绘画模式也是如此。这并无惊奇之处。比如，具翅翅柱兰（*Pterostylis alata*）在《新荷兰植物观察》中第一次出现，就被描绘成双袋兰属（*Disperis*），而这是一类主要在非洲生长的兰花物种。画师们对于不常见的兰花的种也不甚熟悉，比如，同样在《新荷兰植物观察》中，反曲飞鸟兰（*Chiloglottis reflexa*，曾被命名为*Epipactis reflexa*）就被普瓦托绘制成了在唇瓣上没有胼胝组织（一种凸起结构）特征的一种兰花，因为当时普瓦托认为是植物学家错把一只蚂蚁当成了花的一部分。用这样的方式描绘反曲飞鸟兰，画师就在无意间丢失了识别这一物种的关键鉴别性状。实际上，所有的飞鸟兰属植物都具有典型的唇瓣胼胝组织，模仿了一种特别的雌性无翼胡蜂。有翅膀的雄蜂误将这种兰花当作雌蜂交配，交配过程中帮助兰花授粉。幸运的是，考虑到这种兰花是在塔斯马尼亚岛采集的（并考虑到其他植物鉴别性状和花部鉴别形状），飞鸟兰是这幅图画指代的唯一可能的兰花物种。这个例子的确有些可笑，但也说明了早期欧洲植物学家在澳洲所遇到的困境。

费迪南德·鲍尔返回欧洲后，在澳洲这片发展中的殖民地上出现了越来越多的兰花画家，他们身份各异，难以一言以蔽之。尽管殖民地艺术家为数不少，但在库克登陆植物湾100年以后，澳大利亚才出现了第一位重要的本土兰花画家。罗伯特·戴维·菲茨杰拉德，是一位供职于新南威尔士政府部门的测量员，也是一位热心的鸟类学者。在赴悉尼以北300公里外的瓦利斯湖途中，菲茨杰拉德看到了一丛雄奇壮丽的石斛，从此就对兰花着了迷。他开始绘画兰花，部分原因也是为了教孩

19世纪初期的园艺杂志让欧洲大众可以一睹世界各地大探险所发现的动、植物新物种。这幅图来自《爱德华兹植物学名录》（*Edward's Botanical Register*）中的一期，1839年出版于伦敦，画的是3种兰花：大白灵蛛兰（*Caladenia longicauda*）、丝状双尾兰（*Diuris filifolia*）和长柔毛柱帽兰（*Thelymitra villosa*）。

子识别这些植物。从绘画风格上来讲，菲茨杰拉德的画作和鲍尔的很像，虽然没有鲍尔那么细致，但是他既勾画出兰花整体，也画出了兰花的解剖特征。有些画作还包含了花卉上的昆虫，这是澳洲兰花授粉昆虫的首次记录。菲茨杰拉德的本土兰花画作广受欢迎，他的画集《澳洲兰花》（*Australian Orchids*）于1882—1893年出版，共计12册。这些画集在整个新南威尔士州的公立学校中使用，尤其是在偏远地区，激发了许多小学生去探索当地灌丛中兰花的积极性。

女性在植物插画中发挥的作用也不可小觑。她们中有许多人从欧洲移民而来，绝大多数是来自英国，而绘画正是其所受教育的一部分。她们中最早的一批包括多萝西·英格利希·帕蒂，于1831—1838年绘制了一本植物素描集，其中包括了从新南威尔士州的纽卡斯尔附近采集的兰花，她的丈夫当时被任命到该地区工作。路易莎·安妮·梅雷迪思也是第一批拥护和保卫澳大利亚灌木多样性的女性，她在19世纪30年代第一次从英国来到澳洲，在悉尼居住，最终和丈夫定居塔斯马尼亚，她发表的文学作品、诗歌和绘画记录了她的整个经历，陆生兰花经常出现在她的作品中。1846年，另一位英国人苏珊·费里迪也随丈夫举家迁至塔斯马尼亚岛（当时叫作范迪门地）北部的泰马河畔的乔治城。苏珊·费里迪是一位训练有素的艺术家，她和丈夫一起绘制了许多当地的花卉图样，包括某些兰花，而她丈夫则对藻类情有独钟。

1853年，玛格丽特·科克伦·斯科特随家人一起，定居在澳大利亚南部的一个

英国的博物学家和画家乔治·弗伦奇·安加斯于1844—1845年居住于澳大利亚南部，主要对当地的风景、土著人生活、昆虫和花卉进行了绘制。他的水彩画被威廉·温制作成版画结集出版，即安加斯的《南澳画册》（*South Australia Illustrated*）。这幅甲虫图里有两种兰花，分别是粗壮翅柱兰（*Pterostylis robusta*，左、右两朵）和粉唇蜘蛛兰（*Caladenia behrii*，居中）。

路易莎·安妮·梅雷迪思将8种兰花画在了一起。该图出自1860年出版的《我的塔斯马尼亚草木朋友们》（*Some of My Bush Friends in Tasmania*）。从左至右依次为：羽毛状翅柱兰（*Pterostylis plumosa*）、东方双尾兰（*Diuris orientis*）、大蜡唇兰（*Glossodia major*，后更名为 *Caladenia major*）、青须兰（*Caladenia deformis*，后更名为 *Pheladenia deformis*）、钻形隐柱兰（*Cryptostylis subulata*）、棒状裂缘兰（*Caladenia clavigera*）、扁平胡须兰（*Calochilus platychilus*）、翅柱兰（*Pterostylis curta*）。

这组野花由玛丽安·柯林森·坎贝尔绘制于1873年，包括双尾兰、触须裂缘兰（*Caladenia tenticulata*）和大蜡唇兰。

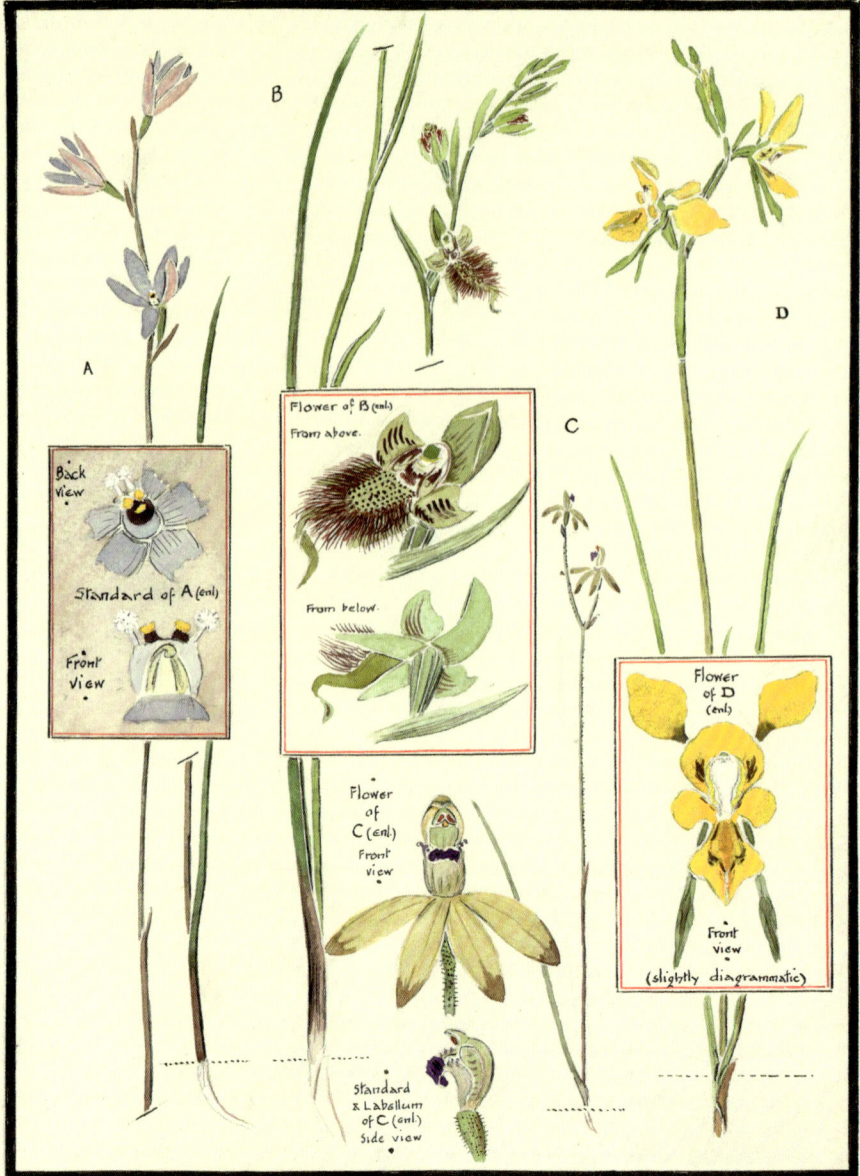

A. Thelymitra   (   ). Orchidaceae- Cheltenham (Sept)
B. Calochilus paludosus. (Bearded Orchid)   "   "   "
C. Caladenia testacea   (Greenie brownie)   "   "   "
D. Diuris aurea   (Golden Double Tail)   "   "   "

相对较新的殖民地——阿德莱德。随丈夫迁居阿德莱德山区之后，斯科特爱上了当地的兰花。她的水彩兰花作品笔法精致唯美，在画展中一直广受追捧，很多作品都成功售出，被送到英格兰和苏格兰，有些甚至被皇室收藏。另一位同类型女画家范妮·安妮·查斯利在澳大利亚居住了10年，于1867年返回英国，其后发表了她的绘本作品《墨尔本附近的野花》（*The Wild Flowers ammrd Melbourne*）。兰花是她的一大卖点，画幅不大，但笔触精细。

　　澳大利亚本土出生的女性中，也出现了杰出的植物画家。本书中就包括两位这样的女性，分别是玛丽安·柯林森·坎贝尔和埃利斯·罗曼。1827年，坎贝尔出生于新南威尔士州的亨特河地区。她16岁开始绘画创作，最终成为一名职业画家。1854年，她移居堪培拉，继续在邓特伦（现在的邓特伦皇家军事学院）的家中进行艺术创作。罗曼也许是最重要也是最知名的澳大利亚植物画家之一。她1848年出生于墨尔本，创作颇丰，尤爱去偏远地区写生珍稀植物或外来植物。她的主要作品是兰花水彩画，这些画作直接绘制在纸上，其清晰程度可直接帮助植物学家鉴定兰花属种。

　　在这些笔法娴熟的兰花画师之中，一些人是利用闲暇时间进行艺术创作的，他们有的是在日常的本职工作之外进行创作，有的则是退休了之后开始对博物学和植物画感兴趣的。埃比尼泽·爱德华·葛斯特罗曾于19世纪末20世纪初在新南威尔士州的州立学校担任教师和校长，后来决心尽可能多地发掘和绘制野生植物。他的画作通常对植物特征描述精准，对标本的组成部分绘制详尽细致。和葛斯特罗绘画澳大利亚本土兰花差不多同一时期的另一位画家，是德国人亚当·福斯特（原名为卡尔·威亚尔达），他于1891年从南非迁居新南威尔士州。此人极富天赋，担任过地方治安官和医药局的登记官，还以技法娴熟的植物画家著称，曾被派去为植物学家埃德温·切尔写的书绘制新南威尔士州的植物插画。福斯特死后，他的918幅插画被收入西斯尔·哈里斯的《澳大利亚的野生花卉》（*Wild Flowers of Australia*），这本书于1938年出版，成为澳洲植物的范本。福斯特对于兰花的兴趣让他与赫尔曼·鲁普主教结为好友，鲁普主教是当时权威的植物学家，给福斯特提供了很多兰花标本来绘制。

在本书提及的画家中，离我们年代最近的一位是凯瑟琳·麦克阿瑟。她并未经过正式的绘画训练，但她从1950年就开始绘制昆士兰南部的野花了。麦克阿瑟是一位积极的自然环境保护主义者，对于昆士兰东南部、阳光海岸一线的环境保护贡献很大，那里也是兰花繁茂、分布种类众多之处。她对于植物特征的描述非常精准，吸引了很多人购买她的艺术作品，并以此来支持她的环保事业。

《兰》展示的是澳大利亚国家图书馆（National Library of Australia）所收藏的澳大利亚兰花插画的一部分。这些插画既可以单纯作为艺术作品欣赏，也可以代表澳大利亚丰饶的物产和资源。但更重要的是，它们也是对这个国家的科学记录，尤其是对这块大陆早期探险记录的一部分。它们不仅呈现出各种兰花曾经的珍贵的历史瞬间，有时还呈现了特定时代和特定地区所出现的兰花以外的物种。因此我们得以一窥很多地区的生态历史，尤其是许多地方由于农业开垦和城市发展，如今已经面目全非，而这些插画往往也就成了当地曾经生长的兰花种类的唯一记录。

关于兰花

物种数量

兰科植物是地球上最大的有花植物类群，大约包含了30000个物种。兰科植物在世界各地都有分布，从北美洲、欧洲和亚洲的北极苔原，到靠近亚南极的麦夸里岛和南美洲几乎最南端的火地岛。不过，到目前为止，全世界兰花最集中的地区是在热带森林地区和温带地区。

目前，澳大利亚已经发现了1305种本土生长的兰花，其中95%只分布在澳大利亚。

兰花是一种复杂的植物类群，因为兰花形态和结构的高度复杂性，传统认为，兰花是相当进化的类群。但最近的DNA研究表明，兰花的古老血统已经延续了8500万年。

植株和花的形态

兰花的植株形态和花的形态极其多样化。许多种类都是地生兰，但是从世界范围来讲，大多数的兰花都是附生（树生或岩生）的。

然而，地生兰占了澳大利亚兰花的大多数，在这里只有20%的已命名的兰花（217种）是附生兰。

澳大利亚兰花生境

澳大利亚地生兰的生境相当广泛——澳洲几乎所有陆地生境都有兰花分布，除了中部的沙漠地区。兰花喜欢生长在澳洲南部的干旱硬叶森林和小树林中，但在其他的森林区域也很常见，比如湿润硬叶林区、荒野、草地林地、草原和沿海矮树区。有些特别的品种只生长在雨林区，或是只沿着雨林区边缘生长，而其他一些兰花则喜爱湿地、苔草或水藓沼泽生境。

而附生兰在澳大利亚的分布很有限，它们只生长在沿海地区及澳大利亚东北沿海，以及塔斯马尼亚。通常来讲，附生兰往往生长在雨林、高山林地、沿河岸或溪线分布的森林，以及与世隔绝的季风灌木丛和藤本灌木丛里。许多附生兰也生长在雨林或雨林附近裸露的岩面上、孤立的岩石露头和崖面上，所以也算是岩生兰花。一种叫沟叶兰（*Cymbidium canaliculatum*）的兰花简直难以想象地不屈不挠，它们通常分布在澳大利亚东部和北部内陆干燥的林地或旷阔的森林里，生长在腐烂的大棵桉树树干和树枝上。

兰之花

用来识别兰科植物的一大关键特征就是具有合蕊柱。与其他大多数具有分离的花丝（雄蕊和柱头）的植物不同，兰花进化了，它们的雄性和雌性生殖器形成一个中心结构，即合蕊柱。许多兰花的花粉粒也一起长在合蕊柱里面了。这是兰花进化史上的一大步，它意味着单一花朵的绝大多数花粉，乃至所有花粉，都可以在传粉昆虫的一次采集过程中完成。这也意味着，已经采集的花粉大多可以在下一次授粉时成功授到另一朵花中。因此，授粉过的花朵可以产生大量种子。

兰花的花朵部分

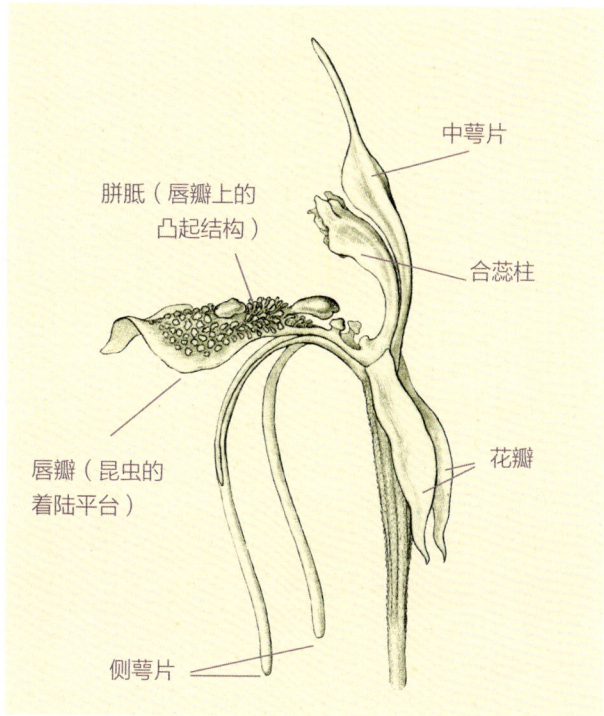

中萼片

胼胝（唇瓣上的
凸起结构）

合蕊柱

唇瓣（昆虫的
着陆平台）

花瓣

侧萼片

合蕊柱：包含雌蕊和雄
蕊的器官

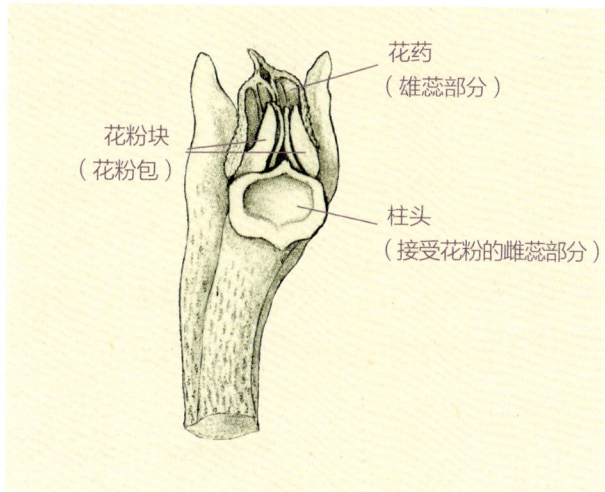

花药
（雄蕊部分）

花粉块
（花粉包）

柱头
（接受花粉的雌蕊部分）

这些细节图出自费迪南德·鲍尔的常见二叶飞鸟兰
（*Chiloglottis diphylla*）作品。图中细节显示的是兰花花朵的
主要组成部分。

17

兰花的成功之处

兰花的很多习性本身，造就了其物种数量的丰富性——大量种子可由一次授粉产生，因此增大了物种变异的可能性；风将微小的种子传播出去（大多数种类都是这样的），因此有可能在新的地区和生境建立新的群落；物种的习性可以产生一对一的授粉关系。

种子传播

兰花之所以与众不同，一部分是因为所有兰花种类的种子都没有胚乳，换言之，种子只有一个胚芽包裹在种皮里。但是，与其他植物不同，兰花的胚胎外面没有组织，无法提供现成的资源供胚萌发生长。因此，兰花种子往往都很小，方便随风散播。

然而，自然界通常都有一些例外。例如，香荚兰属（*Vanilla*）植物（原产于墨西哥）的果荚，就是芳香四溢的，可以吸引飞鸟走兽，尤其是果蝠。这种种子的壳坚硬，又黑又小，圆形念珠状，不易被鸟兽消化，可以被它们播散到其他地方，在合适的场所发芽。又如，澳大利亚的本土种——东澳大利亚地下兰（*Rhizanthella slateri*）的果荚就好像一串浆果，包藏在落叶层中。成熟的果实是黄色的，散发香气，是澳大利亚东部的长鼻袋狸的美食。但果实里面的种子不会被长鼻袋狸的肠胃吸收，因此可以播散到远离亲本植株的地方。

拟态伪装

兰花可以长出简单似百合花的花朵，如最原始的种属——拟兰属（*Apostasia*）。但是大多数人都很难将这些植物认作兰花。大多数兰花都具有更为复杂的花结构，常常模拟其他植物的花朵、真菌子实体（即含有孢子的真菌部分），以及蜘蛛、蜜

这些槌唇兰插图由罗伯特·戴维·菲茨杰拉德绘制，阿瑟·J.斯托普斯刻印，于1883年出版，即菲茨杰拉德的《澳洲兰花》。这幅图描绘了雕齿槌唇兰（*Drakaea glyptodon*）（图左）和铅色槌唇兰（*Drakaea livida*）（图右）。槌唇兰属植物的唇瓣模拟雌性膨腹胡蜂的形状，着生在具铰接结构的狭长茎端。

蜂、胡蜂和苍蝇等无脊椎动物。例如，东方双尾兰就模拟了豌豆花的形态，吊桶兰属（*Coryanthes*）模拟了真菌子实体。

——对应的授粉关系

最近（准确地说是最近200万年左右），出现了一次植物和传粉昆虫一一对应授粉关系植物物种的大爆发。蜘蛛兰类主要由胡蜂授粉（种类不同，吸引的胡蜂种类各异），这些胡蜂受到兰花假性激素的引诱，误以为是同类雌性，被吸引而来。在这种兰花或其他兰花族群里，由于一些性激素化学成分上的微小差异，不同的胡蜂也会被特定的兰花吸引，最终导致新物种的产生。

特定的兰花物种与授粉昆虫所产生的一一对应关系，最佳案例莫过于槌唇兰和膨腹胡蜂——后者是槌唇兰的唯一授粉者。没有翅膀的雌胡蜂从地下爬出，爬到叶片上，散发出一种信息素来吸引雄蜂交配。一旦雄蜂确定了雌蜂的位置，它们就会交配，然后雄蜂会将雌蜂带到一朵产生花蜜的花朵上，比如千层树（*Melaleuca*），让雌蜂在此吸食花蜜，雄蜂会把雌蜂再带回交配地点并将雌蜂放回地面。雌蜂会挖洞寻找甲虫卵，并在甲虫卵上产卵。有时，雄蜂也会被吸引到槌唇兰的花朵上，因为槌唇兰的性激素和唇瓣模拟了雌蜂。当雄蜂试图与花朵交配，它就会被推向前方，落入合蕊柱中，触碰花粉块（整个雄性生殖系统）的黏稠一端。花粉块会随之黏附到胡蜂的头部或胸部，胡蜂会奋力挣脱，然后携带花粉块飞走。当胡蜂已经带着另一株植物的兰花花粉块，想要靠近兰花花朵并接触到黏黏的柱头，就会在柱头上放下花粉块。有时，唇瓣也会被从花朵中扯开，因为这一过程有时胡蜂的动作也较为激烈。

依赖菌根真菌

所有兰花都会在生命阶段的一个时期，依赖于特定的菌根真菌。正是这种与真菌的紧密联系，让兰花可以附生在树上和岩石上。

兰花对真菌的依赖程度，不一而足。有些兰花种类没有叶子，比如地下兰属，就要完全依赖于菌根真菌作为整个生活史的营养来源。这种奇异的澳洲地下兰已经进化为一辈子生活在地表之下，或者至少是生活在腐叶之下了。但是，大部分兰花都只是部分依赖于菌根真菌，或只是依靠它们让种子萌发。

作者的话

如今，兰花的分类在科学证据和通用方法上都产生了激烈的辩论。从传统意义上来讲，大部分植物学家都接受了林奈的属种概念，这一观念的关键之处在于：植物是否具有一个或更多"显著的"花部特征。林奈的体系一直被广为接受，直到20世纪80年代中期，科学家开始在系统分类中引入了分子分析法。而分子层面的研究可以告诉我们植物的有关祖先关系，而这些是不容易从形态特征获得的。

分子层面的研究为我们对类群的重新分类提供了帮助，因此，植物科的命名也有了变化。但是，尽管有这样的科学证据，但一些植物学家还是拒绝任何变动。例如，按照分子分析研究，翅柱兰属和石斛属就可以分成多个新属。但出于简单化考虑，本书仍沿用传统的翅柱兰属和石斛属。

为了方便查找，本书的兰花插图划分为两部分——地生兰和附生兰。在每一部分，兰花属种都尽可能地按照它们拉丁学名的字母顺序排列。

地生兰

针花兰属*Acianthus*

俗称：蚊子兰

1810年，苏格兰植物学家罗伯特·布朗首次描述了该属。

针花兰属的学名*Acianthus*一词源自希腊语*acis*（点）和*anthos*（花），指的是有些种类的花萼上长有细长的斑点。

澳大利亚有7种针花兰，它们都很好识别：均有一片绿色、心形的单叶，通常叶子下部微微泛红或泛紫，贴地或贴腐叶生长。这些兰花通常成片生长，有时可聚集成一大片，其中大多数植株都会同时绽放。针花兰遍及澳大利亚东部，生长在较为潮湿的森林中，包括塔斯马尼亚岛和南澳大利亚地区。所有种类均由小飞蝇授粉。

作者注：小针花兰是一种澳洲东南部森林里常见的、产地广泛的物种，往往成片生长，同时开花。

玛格丽特·科克伦·斯科特　绘于19世纪90年代
小针花兰 *Acianthus pusillus*

裂缘兰属*Caladenia*

俗称：指兰、蜘蛛兰

1810年，苏格兰植物学家罗伯特·布朗首次描述了该属。

裂缘兰属的学名*Caladenia*一词源自希腊语*calos*（美丽）和*gland*（腺体），指的是唇瓣上显著而多彩的胼胝体。

世界上的大部分裂缘兰都生长在澳大利亚（全世界共286种，澳大利亚占了275种）。该属也许是最好识别的澳大利亚地生兰花，在澳洲大陆西部、南部、东部大部分地区的灌木丛中，都很容易找到。它们能适应多种多样的生境类型——森林、小树林、草地、沼泽都可生长，即使在树木不生的阿尔卑斯山地区也能找到它们的身影。

作者注：学名中的 *Behrii* 是为了纪念汉斯·赫尔曼·贝尔（Hans Hemann Behr），一位南澳大利亚的植物采集家。

玛格丽特·科克伦·斯科特　绘于19世纪90年代

粉唇蜘蛛兰

作者注：一般来讲，裂缘
兰的花朵是蓝色的；此处
的白色花非常稀有。

佚名画家　绘于 1882 年
天蓝裂缘兰 *Caladenia caerulea*

苏珊·费里迪　绘于 19 世纪 50 年代
肉色裂缘兰 *Caladenia carnea*

Caladenia
carnea

亚当·福斯特
绘于 1924 年
肉色裂缘兰

Fruit
of C (enl)

nat·size

Flower
of
C (enl)

1· From
above

2· Side
view

B

C

Side View of
Column &
Labellum
(enl)

A

Portion
of Leaf
shewing
venation

Woody
Seed
case

Front view
of Column
& Labellum (enl)

C· Cassytha glabella· (Devil's Twine)· Lauraceae· Rhodes· (Feb)
A· Caladenia carnea· (Pink Orchid)· Orchidaceae· Cronulla· (Sept·)
B· Eucalyptus corymbosa· (Bloodwood)· Myrtaceae· Hornsby· (Mar)

埃比尼泽·爱德华·葛斯特罗　绘于 1923 年

肉色裂缘兰、近无毛无根藤 *Cassytha glabella* 和伞房桉 *Corymbia gummifera*

Flower of A
(side view)

A

Flower of A
(back view.)

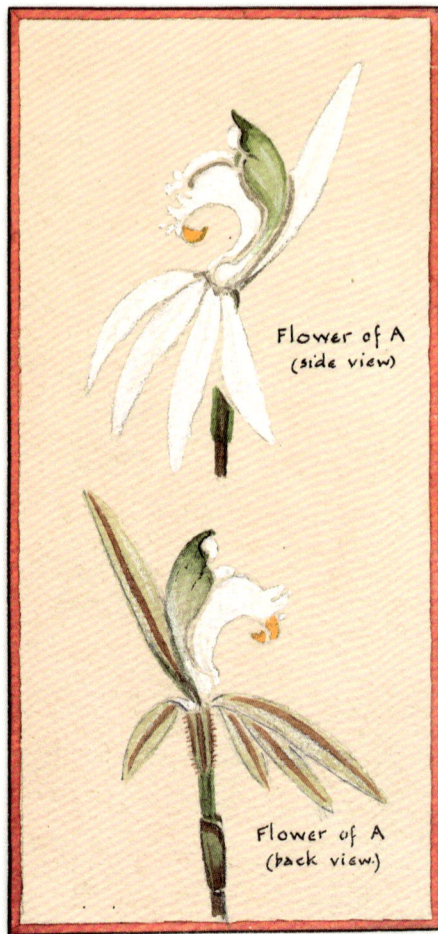

埃比尼泽·爱德华·葛斯特罗　绘于 1921 年
链状裂缘兰 *Caladenia Catenata*

玛丽安·柯林森·坎贝尔　绘于 19 世纪

链状裂缘兰、大蜡唇兰和相思树 *Acacia* sp.

玛丽安·柯林森·坎贝尔
绘于 19 世纪
丝状裂缘兰 *Caladenia filamentosa*

亚当·福斯特　绘于 1925 年
棒状裂缘兰

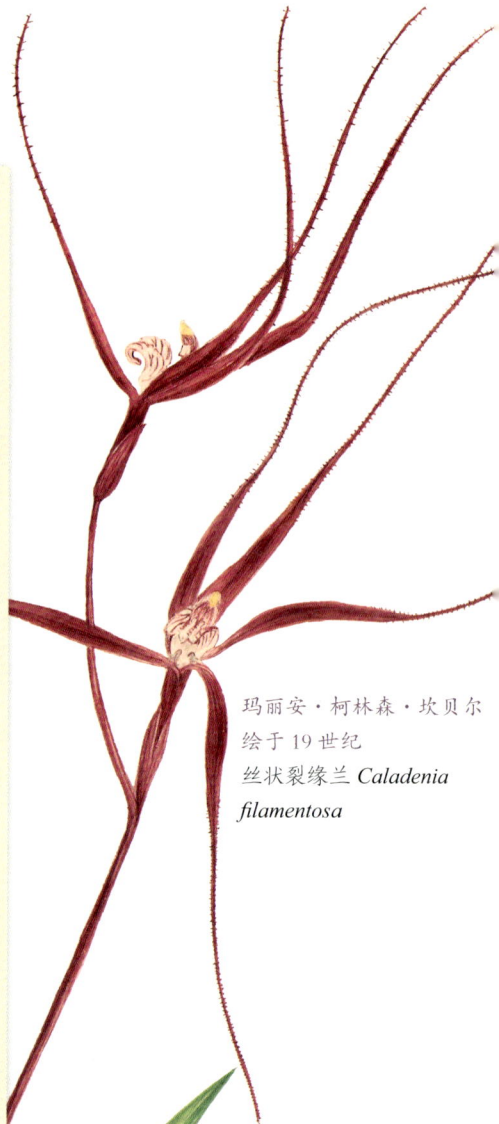

G.C. 芬顿　绘于 19 世纪 60 年代
优雅裂缘兰 *Caladenia formosa*

作者注：优雅裂缘兰是南澳东南部和维多利亚州东部的一种稀有兰花。

Order Orchideæ
genus Calendenia
Species filiformis (probably)

G.O.Fenton

罗伯特·戴维·菲茨杰拉德　绘、阿瑟·J.斯托普斯　刻印于 1889 年
宽叶裂缘兰 *Caladenia latifolia*（图左）
黄花裂缘兰 *Caladenia flava*（图右）

Caladenia latifolia

作者注：苏珊·费里迪的这幅插画笔法稚拙，很难被认出来画的是宽叶裂缘兰。

苏珊·费里迪 绘于19世纪50年代
宽叶裂缘兰

玛格丽特·科克伦·斯科特
绘于 19 世纪 90 年代
窄唇裂缘兰 *Caladenia leptochila*

作者注：窄唇裂缘兰是一个
独特的兰花品种，萼片向上
翘起，产于南澳大利亚的阿
德莱德山区。

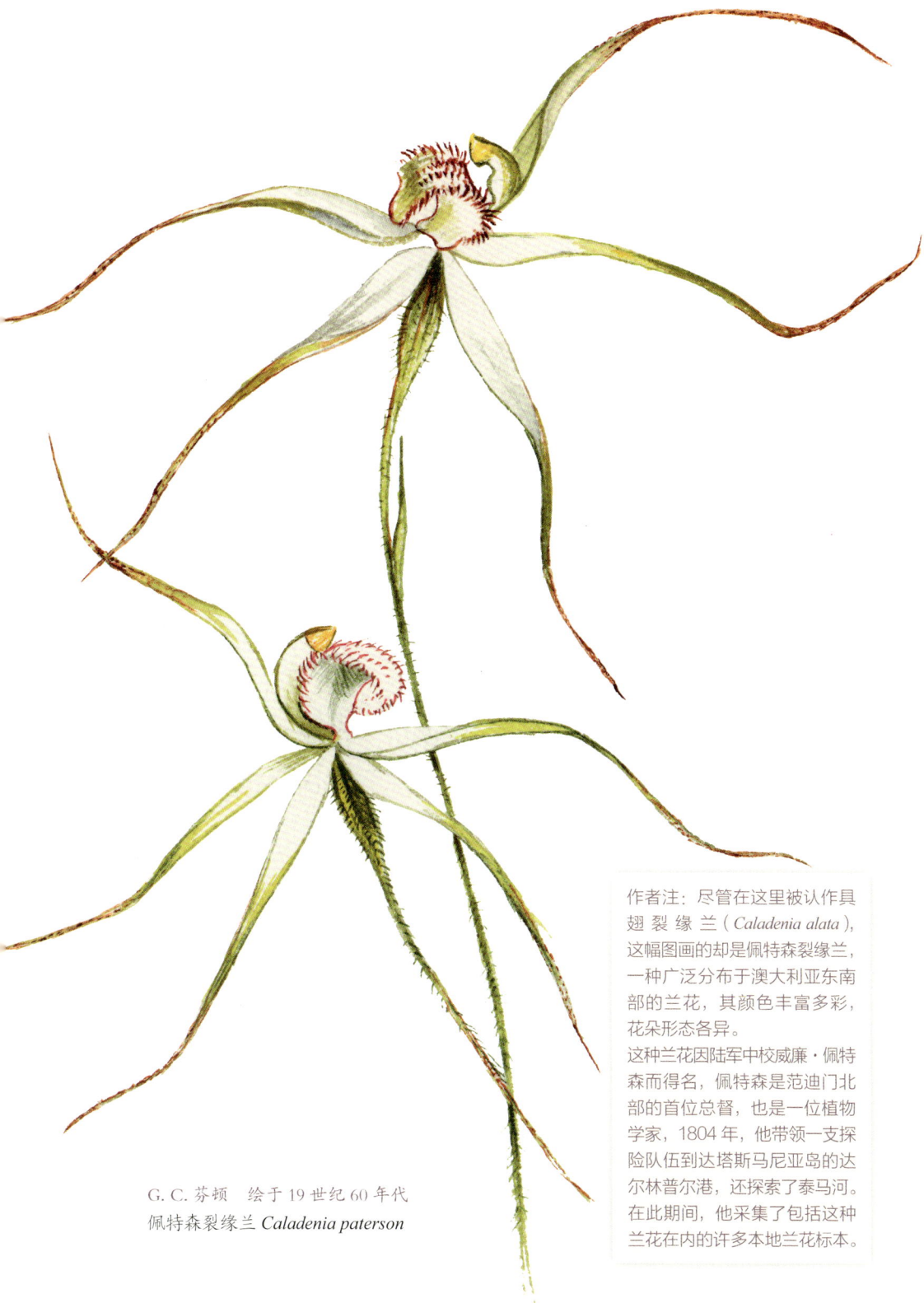

G. C. 芬顿　绘于 19 世纪 60 年代
佩特森裂缘兰 *Caladenia paterson*

作者注：尽管在这里被认作具翅裂缘兰（*Caladenia alata*），这幅图画的却是佩特森裂缘兰，一种广泛分布于澳大利亚东南部的兰花，其颜色丰富多彩，花朵形态各异。

这种兰花因陆军中校威廉·佩特森而得名，佩特森是范迪门北部的首位总督，也是一位植物学家，1804 年，他带领一支探险队伍到达塔斯马尼亚岛的达尔林普尔港，还探索了泰马河。在此期间，他采集了包括这种兰花在内的许多本地兰花标本。

玛格丽特·科克伦·斯科特
绘于 19 世纪 90 年代
触须裂缘兰

作者注：触须裂缘兰是
澳大利亚东部分布最广
泛的裂缘兰。很多年以
来，它都被误以为是宽大
裂缘兰 *Caladenia dilatata*，
而后者的分布比较局限。

亚当·福斯特　绘于 1923 年
触须裂缘兰

亚当·福斯特　绘于 1921 年

方斑裂缘兰（图左）、银鳞茅 *Briza minor*（图右）

佚名画家　绘于 1905 年左右
触须裂缘兰

埃比尼泽·爱德华·葛斯特罗　绘于 1924 年
触须裂缘兰

飞鸭兰属*Caleana*

俗称：飞鸭兰

1810年，罗伯特·布朗首次描述了该属。

飞鸭兰属的学名*Caleana*来自自然学家乔治·卡利。

这个属的兰花种类不多，除了一个种——鸭兰（*Caleana minor*，又称小花飞鸭兰）也见于新西兰外，其余的本属兰花均为澳大利亚特有种。11种飞鸭兰广泛分布于澳大利亚西南部、南部和东部。这些植物常单株或小群出现，通常有一片单叶，茎似金属丝，花朵像是一只飞行的鸭子。唇瓣对触碰很敏感。

埃比尼泽·爱德华·葛斯特罗
绘于1923年
飞鸭兰 *Caleana major*
具瘤火豆木 *Pultenaea tuberculata*
灯芯草状柳条豆 *Viminaria juncea*

作者注：飞鸭兰的授粉者是雄性锯蜂，它们受到飞鸭兰拟态雌性的引诱，落到花朵上，会打开触发机制，造成唇瓣暂时合拢。花朵包裹住昆虫，完成协助授粉。

A

Note:
Flowers are
reverse in
this species

B

C

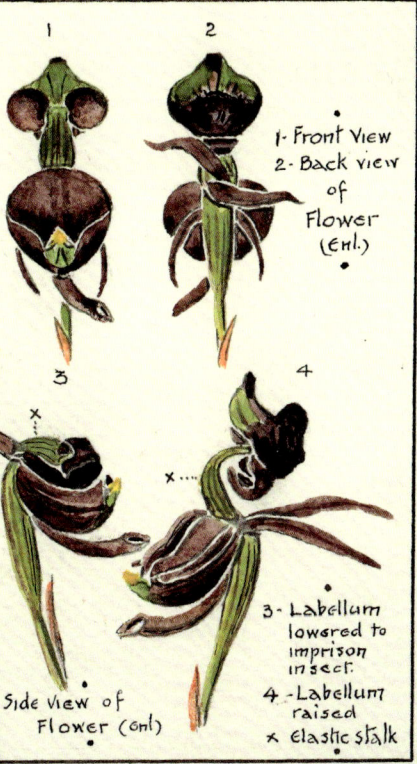

1 · Front View
2 · Back view
   of
   Flower
   (Enl.)

3 · Labellum
    lowered to
    imprison
    insect.
4 · Labellum
    raised
x elastic stalk

Side view of
Flower (enl)

Flower of C (enl.)
side view.

1 · Inner surface of upper leaf (enl.)
   2 · Flower (enl) front view. 3 · Same (back)
   4 Outer x 5 Inner surfaces of Leaf.

胡须兰属*Calochilus*

俗称：胡子兰

1810年，罗伯特·布朗首次描述了该属。

胡须兰属的学名*Calochilus*来自希腊语*calos*（美丽）和*cheilos*（唇），指的是漂亮的兰花唇瓣。

全世界共有26种胡须兰，其中25种产自澳大利亚。作为澳大利亚的常见兰花种类，胡须兰遍布澳大利亚，包括热带地区。所有的胡须兰种类都很容易识别，因为它们有一个单独的直立叶片，横截面呈三角形，唇瓣像是胡须。

哈罗德·约翰·格雷厄姆　绘于 1882 年
紫红胡须兰 *Calochilus robertsonii*（图右）
硫黄双尾兰 *Diuris sulphurea*（图左）

作者注：紫红胡须兰得名自约翰·乔治·罗伯逊，维多利亚州西南部波特兰地区的一位田园派作家，他采集了这种兰花标本。

亚当·福斯特　绘于 1917 年
田野胡须兰 *Calochilus campestris*

喉唇兰属 *Chiloglottis*

俗称：鸟兰、土蜂兰

1810年，罗伯特·布朗首次描述了该属。

喉唇兰属的学名*Chiloglottis*来自希腊语*cheilos*（唇）和*glottis*（声门），指的是人口腔后部的形状。

这一属的24个种原产于澳大利亚（其中两种也见于新西兰）。喉唇兰属遍布澳大利亚东南部的潮湿森林，所有种类均成片生长。植株都有两片同样大小、对生的叶子，叶子中间长出一朵单花。每种的唇瓣上都有胼胝组织，花朵好似一只昆虫或一只嘴巴张开、正讨要食物的小鸟。

亚当·福斯特　绘于1924年
粗壮飞鸟兰 *Chiloglottis valida*

作者注：粗壮飞鸟兰是一种常见的、分布广泛的种类，生长于澳大利亚东南部潮湿的森林地区。

费迪南德·鲍尔　绘于1813年
二叶飞鸟兰

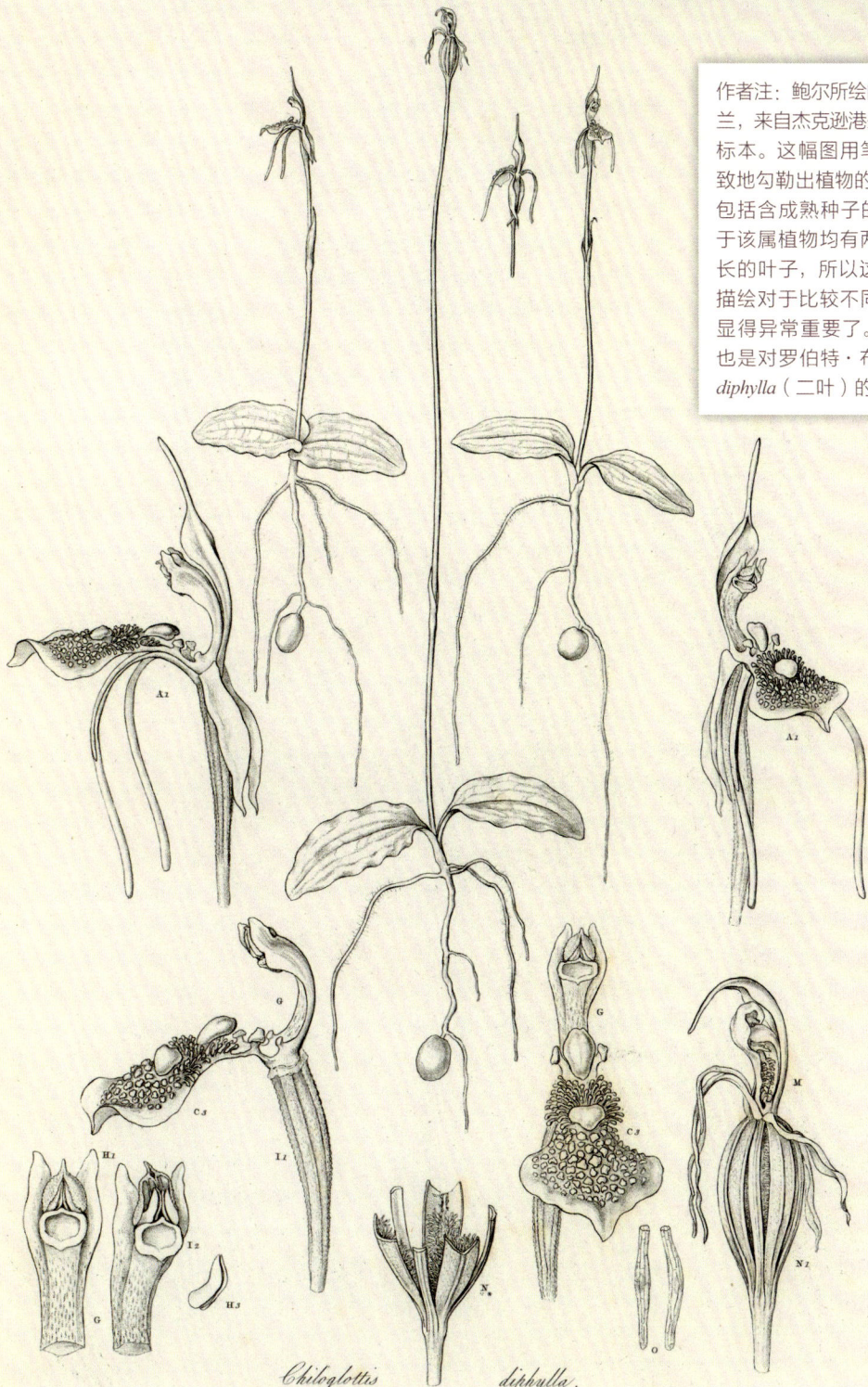

Chiloglottis diphylla.

Brown prod. fl. nov. holl. p. 323.

铠兰属 *Corysanthes*

俗称：盔兰

1810年，罗伯特·布朗首次描述了该属。

铠兰属的学名*Corysanthes*来自希腊语*corys*（铠甲）和*anthos*（花），指的是铠甲状的花朵。

所有12种铠兰属兰花在澳大利亚均有生长。它们聚集在澳大利亚东南部潮湿的森林区。这些植物模拟的是菌类的子实体，吸引真菌昆虫在花朵上产卵，并在这个过程中完成授粉。

苏珊·费里迪　绘于19世纪50年代
内弯铠兰 *Corysanthes incurvus*

隐柱兰属 *Cryptostylis*

俗称：舌兰

1810年，罗伯特·布朗首次描述了该属。

隐柱兰属一词*Cryptostylis*来自希腊语*crypto*（隐藏）和*stylid*（柱体），指的是这一属兰花的花柱藏在唇瓣底部，而唇瓣较为明显。

隐柱兰属物种数量不多，在全世界只有25种。其中5种产于澳大利亚，生长于西南部、南部和东部的潮湿区域。隐柱兰属是澳大利亚地生兰花中少有的一种兰花，除了一个种不长叶子外，其他4种全年都具披针形的肉质叶。隐柱兰属多聚集出现，在叶子中间长出具有很多花苞的花序。花的唇瓣很大。

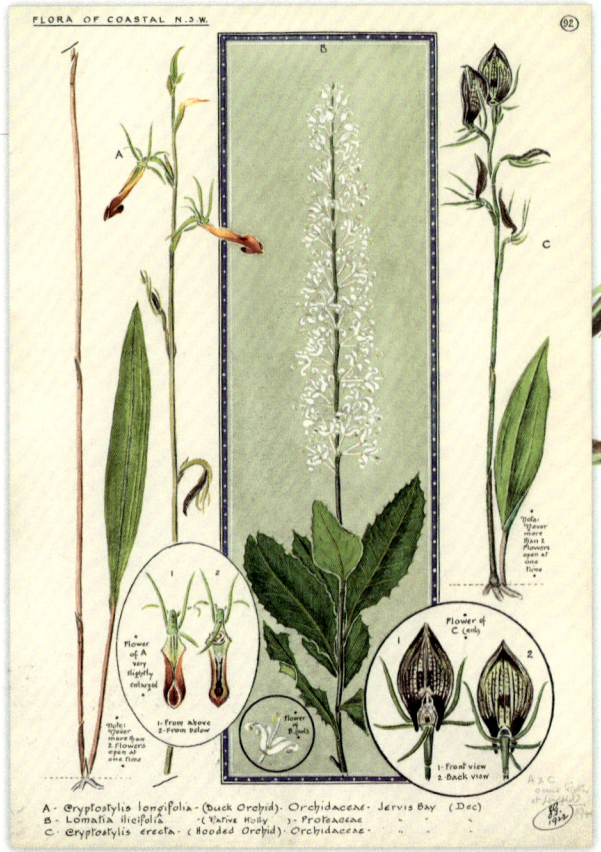

埃比尼泽·爱德华·葛斯特罗　绘于 1922 年
钻形隐柱兰（图左）
直立隐柱兰 *Cryptostylis erecta*（图右）
栎叶扭瓣花 *Lomatia ilicifolia*（图中）

亚当·福斯特　绘于 1917 年

直立隐柱兰

蚊兰属*Cyrtostylis*

俗称：蚋兰、蚊兰

1810年，罗伯特·布朗首次描述了该属。

蚊兰属的学名*Cyrtostylis*来自希腊语*cyrto*（弯曲的）和*stylid*（柱体），指的是这一属的花柱明显弯曲。

这一属兰花包含6个或7个种，其中有4种遍布南澳大利亚的森林（其他种类则分布在新西兰）。所有兰花都呈小片出现，通常都有一片圆形的或是肾形的、贴地生长的叶片，叶脉明显。多花，总状花序，常为绿色或褐红色。每朵花均有薄膜状的唇瓣，底部有两个眼状斑点。

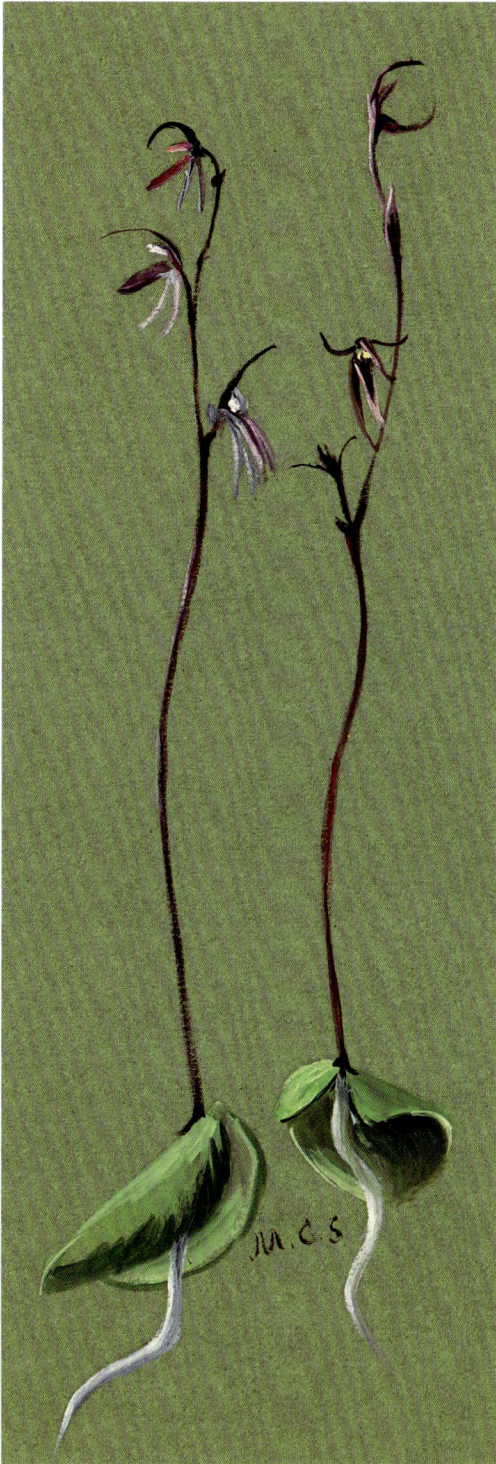

玛格丽特·科克伦·斯科特　绘于 19 世纪 90 年代
肾形蚊兰 *Cyrtostylis reniformis*

罗伯特·戴维·菲茨杰拉德　绘于 1881 年
粗壮蚊兰 *Cyrtostylis robusta*

双足兰属 *Dipodium*

俗称：风信子兰

1810年，罗伯特·布朗首次描述了该属。

双足兰属的学名 *Dipodium* 来自希腊语 *di*（双重的）和 *podion*
（小足），指的是这一属花粉块的两条带状物。

这一属兰花包括25种，其中11种生长在澳大利亚。许多澳大
利亚的双足兰都没有叶子，因此通常只有在花期才容易被发现。
这种植物寄生在菌根真菌上，而菌根真菌从大型森林树木的根部
获得养分，其中尤以桉树为多。

作者注：这是一株挖出
来的双足兰的插图，少
见暴露的植物根。这种
兰花常见于澳大利亚的
东部海岸。

多萝西·英格利希·帕蒂　绘于1836年
花叶双足兰 *Dipodium variegatum*

埃利斯·罗曼　绘于19世纪90年代
玫红双足兰 *Dipodium roseum*

玛丽安·柯林森·坎贝尔 绘于 1844 年
具鳞双足兰 *Dipodium punctatum*

Djredium punctatum.

亚当·福斯特　绘于 1917 年
玫红双足兰

双尾兰属*Diuris*

俗称：驴兰、双尾兰

1798年，詹姆斯·爱德华·史密斯首次描述了该属。

双尾兰属的学名*Diuris*来自希腊语*dis*（双重）和*oura*（尾巴），指该属植物具有明显分叉的侧萼片，从唇瓣下面伸展出来。

这一属共有77个种，其中76种生长在澳大利亚，1种分布在帝汶岛。双尾兰属是澳大利亚分布最广的兰花，在许多草原和树林里都很容易发现。

作者注：金色双尾兰是欧洲人在澳大利亚最早发现的兰花种类之一。它曾经在悉尼被广泛种植，如今仍能在灌丛生境中找到。

约翰·亨特　绘于 1788—1790 年
金色双尾兰

玛丽安·柯林森·坎贝尔　绘于 1844 年

金色双尾兰（图左）

斑唇双尾兰（图中）

硫黄双尾兰（图右）

作者注：本图所示的杂交兰花生长在野外，杂交的两个亲本种生长在一起，且具有一些相似特征，如花型、颜色、气味或花蜜，从而增加了授粉者多次访问两种兰花的机会。自然杂交之前比较少见，但是现在却较为常见了，尤其是在孤零零的灌木丛里，2~3 种双尾兰可同时出现。杂交常常发生在具有性欺骗传粉系统的兰花中。一种兰花通常只有一种特定的授粉者，比如某一种胡蜂。在大片灌木丛中，逗留在一种拟态雌蜂的兰花上的授粉者往往超过一种。但通常来说，只有一对一授粉关系的胡蜂才能真正实现授粉。然而，由于灌木丛面积变小，所有兰花种类的个体数量都减少了。这意味着，雄胡蜂等授粉者会迫不及待地与雌蜂交配，包括与拟态雌蜂性征的兰花"交配"，并在无意中访问超过一种兰花，种间异花授粉也就因此产生了。

玛格丽特·科克伦·斯科特
绘于 19 世纪 90 年代
金牛双尾兰 *Diuris behrii*

玛格丽特·科克伦·斯科特
绘于 19 世纪 90 年代
金牛双尾兰 × 东方双尾兰

佚名画家　绘于约 1905 年
金蛾双尾兰 *Diuris chrysiopsis*（图右）
茅膏菜 *Drosera* sp.（图左）

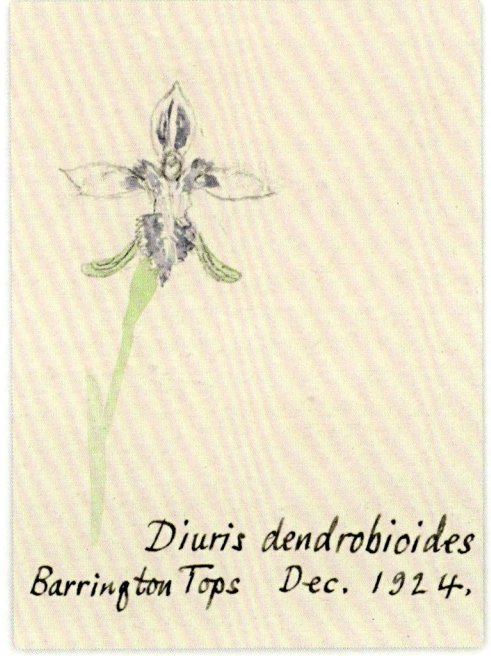

Diuris dendrobioides
Barrington Tops　Dec. 1924.

赫尔曼·M. R. 鲁普　绘于 1924 年
拟石斛双尾兰 *Diuris dendrobioides*

作者注：距离悉尼北部大约 200 千米的巴林顿，是拟石斛双尾兰的一个不同寻常的栖居地，而通常来讲，该种是沿着新南威尔士大分水岭内陆一边的草原生长的。

鲁普所绘的标本是一种畸形的植物。换言之，该植株的花朵与拟石斛双尾兰的典型形状不同。植物畸形在很多物种中都很常见，包括兰花，畸形可能表现在植株的一朵花、几朵花，甚至整个花序上的花都是畸形。这种突变可能是暂时的，也可能在一棵植株上延续数季。这可能是植物花器官发育过程中的早期虫害所致，是对病毒性感染的反应，也可能是遗传性变化，但后者较为罕见。

玛丽安·柯林森·坎贝尔　绘于19世纪
拟石斛双尾兰（图左）
金色束蕊花 *Hibbertia nitida*（图右）

作者注：坎贝尔的画作画的是两株西方双尾兰和斑叶山菅兰（*Dianella caerulea*）、灰白山鼠茅（*Rytidosperrma pallidum*）和穗状百金花（*Schenkia spicata*）。

西方双尾兰学名中的"*goonooensis*"来源于其最初被发现的新南威尔士州的古努森林（Goonoo Forest）。

玛丽安·柯林森·坎贝尔　绘于 19 世纪 40 年代

西方双尾兰 *Diuris goonooensis*（与 *Diuris platichila* 同种异名）（图左）

亚当·福斯特　绘于 1921 年
双尾兰

费迪南德·鲍尔　绘于 1801—1803 年，出版于 1976 年

双尾兰

苏珊·费里迪　绘于19世纪50年代
东方双尾兰

作者注：东方双尾兰广泛分布于
澳大利亚东南沿海，是与长叶双
尾兰组相关的唯一近缘种，后者
只生长于西澳大利亚的西南地
区。东方双尾兰有时色彩极致绚
烂，像是在模仿本地的苦豌豆
Daviesia，引诱本地野蜂访问，
在这个过程中为之授粉。

佚名画家　绘于1905年左右
东方双尾兰

玛格丽特·科克伦·斯科特　绘于19世纪90年代
沼生双尾兰 *Diuris palustris*

Dieuris punctata.

亚当·福斯特　绘于 1926 年

斑唇双尾兰

A

B

Flower
of A
(enl.)

Flower
of B
(enl.)

作者注：埃比尼泽·爱德华·葛斯特罗以为自己画的是兰花的两个种，但是实际上它们都属于斑唇双尾兰，是种内变异。

埃比尼泽·爱德华·葛斯特罗　绘于 1926 年
斑唇双尾兰

兔兰属*Eriochilus*

俗称：兔兰、"牧师的绥带"

1810年，罗伯特·布朗首次描述了该属。

兔兰属的学名*Eriochilus*来自希腊语*erion*（羊毛）和*cheilos*（唇），指该属植物有明显的茸毛般的唇瓣毛状体。

这一属只有9个种，属于种类较少的地生兰花属，全部是澳大利亚特有种，广泛分布于澳大利亚南部。该属植物有一片单叶，形状好似一个箭头或是一枚鸡蛋，叶片贴地或悬空着生于茎上。所有种类均有显著的粉红色或白色长侧萼片，因而得名"牧师的绥带"；还有一条厚厚的狭长唇瓣，唇瓣上覆有毛。

作者注："牧师的绥带"兜状兔兰是少有的几种在 1791—1794 年法国人布鲁尼·德·昂特勒卡斯托到澳大利亚探险时，采集和绘制的兰花。

玛丽安·柯林森·坎贝尔　绘于 1844 年
兜状兔兰 *Eriochilus cucullatus*

蜡唇兰属*Glossodia*

俗称：拟舌兰

1810年，罗伯特·布朗首次描述了该属。

蜡唇兰属的学名*Glossodia*来自希腊语*glossa*（舌头）和*odes*（像），指该属植物的唇瓣基部具有像舌头一样的或长条状的胼胝体。

这一属包括2个种：大蜡唇兰*Glossodia major*和小蜡唇兰*Glossodia minor*。前者广泛分布于澳大利亚本土的东南部，后者不常见，主要分布在新南威尔士州和昆士兰州东南部的沿海地区。

约翰·亨特　绘于1788—1790年
大蜡唇兰

作者注：大蜡唇兰出现在这幅雷珀的黑额矿吸蜜鸟（*Manorina melanocephala*）的画中。

乔治·雷珀　绘于 1788 年
大蜡唇兰

玛格丽特·科克伦·斯科特　绘于 19 世纪 90 年代

大蜡唇兰

哈罗德·约翰·格雷厄姆
绘于 1882 年
大蜡唇兰

Purple Orchis
Oct. 1882

Purple Orchis
Tasmania.

佚名画家　绘于 1905 年左右
大蜡唇兰

亚当·福斯特　绘于 1924 年
大蜡唇兰

小蜡唇兰

小野兔兰属*Leporella*和兔子兰属*Leptoceras*

俗称：流苏野兔兰、野兔兰

1971年，亚历克斯·S. 乔治首次描述了小野兔兰属，该属只包括一个种，就是小野兔兰（*Leporella fimbriata*，又称流苏野兔兰），后者在历史上被误列入兔子兰属（*Leptoceras*）。分子对比研究确定了它真正的归属。

小野兔兰属的学名*Leporella*来自希腊语*leporis*（兔子）和*ell*（小）。

小野兔兰为澳大利亚大陆特有种，常成片出现，植株具有一片或两片扁平的、灰绿色的叶子，叶脉上有红色斑纹。通常一片叶子比另一片叶子稍大，单花或多花花序。

1840年，约翰·林德利首次描述了兔子兰属，他是将罗伯特·布朗在1810年描述的裂缘兰属兔子兰组提升为单独的属。兔子兰组则是基于孟氏裂缘兰（*Caladenia menziesii*）和大叶裂缘兰（*Caladenia macrohylla*）而建立的。

兔子兰属的学名*Leptoceras*来自希腊语*lepto*（狭窄，瘦）和*cerat*（角），指的是这一属的花瓣是直立的，就像是角一样。

野兔兰（*Leptoceras menziesii*）是该属的唯一种类。它广泛分布于澳大利亚南部，常成片出现，特征是具有一宽阔、光滑的革质叶，1—3花的花序，花朵常为白色或粉色，具有显著的、直立的深红色的棒状花瓣。

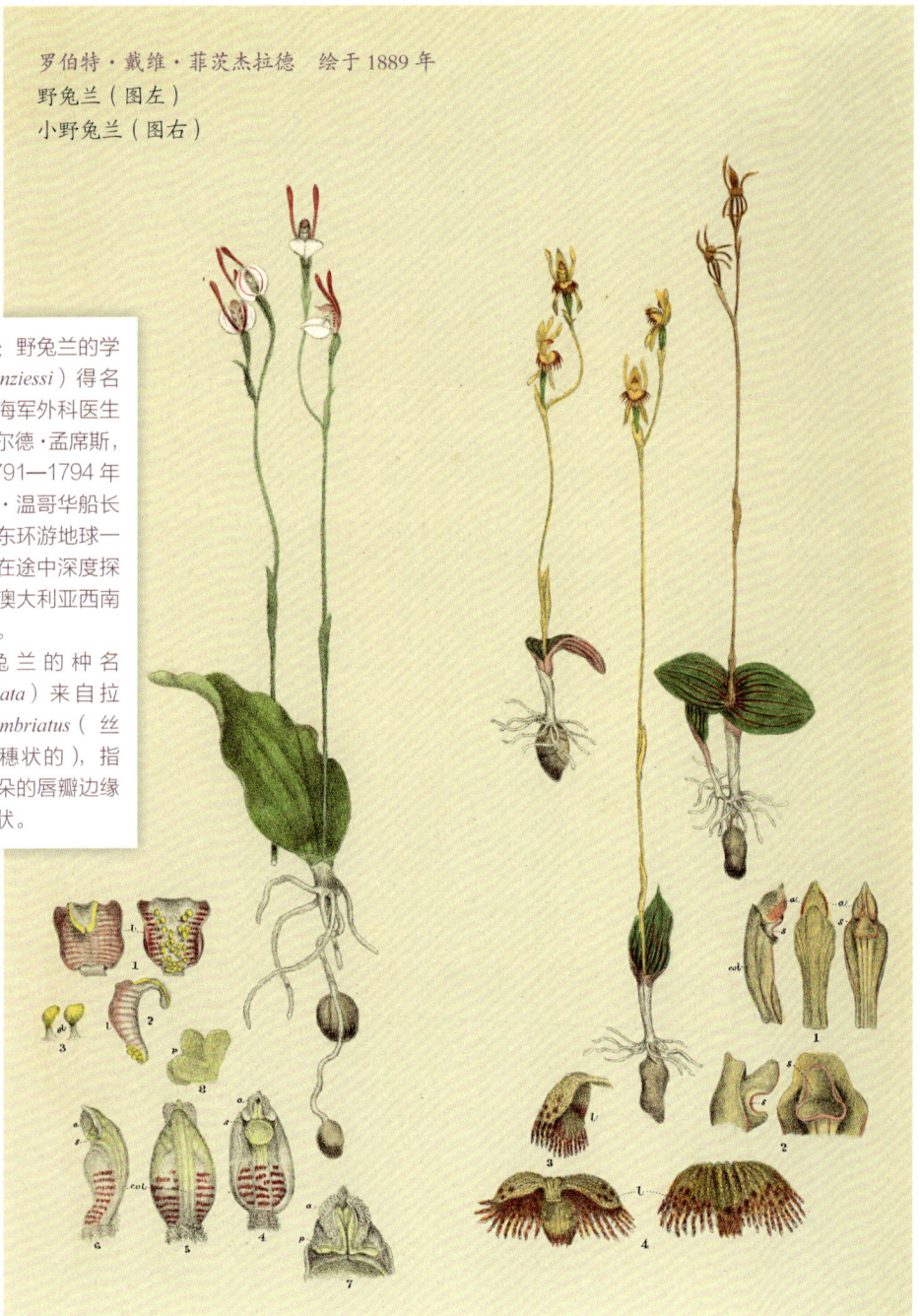

罗伯特·戴维·菲茨杰拉德　绘于1889年
野兔兰（图左）
小野兔兰（图右）

作者注：野兔兰的学
名（*Menziessi*）得名
自英国海军外科医生
阿奇博尔德·孟席斯，
他于1791—1794年
随乔治·温哥华船长
从西到东环游地球一
周，并在途中深度探
索了西澳大利亚西南
部地区。
小野兔兰的种名
（*Fimbriata*）来自拉
丁语 *fimbriatus*（丝
状的、穗状的），指
的是花朵的唇瓣边缘
呈流苏状。

罗伯特·戴维·菲茨杰拉德　绘
阿瑟·J.斯托普斯　刻印于1893年
鹤顶兰 *Phaius tankervilleae*

鹤顶兰属 *Phaius*

俗称：沼泽兰

1790年，葡萄牙传教士、植物学家若昂·德·洛雷罗首次描述了该属。

鹤顶兰属的学名 *Phaius* 来自希腊语 *phaios*（布满灰尘的、黝黑的），指的是这一属的花朵颜色常为褐色。

全世界共有45种鹤顶兰，其中澳大利亚有3种。鹤顶兰属兰花的植株都很大，花朵颜色丰富，沿澳大利亚东部沿海的湿地地区生长。鹤顶兰的花朵是所有澳大利亚兰花中最大的，如南澳鹤顶兰花序的长度可达两米。

埃利斯·罗曼　绘于 1867 年
鹤顶兰（图右）
四角石斛 *Dendrobium cacatua*（图左）
美味石斛 *Dendrobium × delicatum*（图中）

韭兰属 *Prasophyllum*

俗称：葱叶兰

1810年，罗伯特·布朗首次描述了该属。

韭兰属的学名 *Prasophyllum* 来自希腊语 *prason*（葱、韭）和 *phyllon*（叶子），指的是这一属植物的叶子就像葱一样。

韭兰属的种类数量不多，在全世界有80种，其中78种产于澳大利亚，主要生长于澳大利亚西部、南部和东部，以及新西兰。韭兰属或单株出现，或成簇生长，或零星分布，大多生长在树林和草地。每株韭兰都有直立的、空心的葱状叶子，在叶子间长出密密麻麻的多花花序。

B

The largest Terrestrial Orchid in Australia

The centre flowers open first.

Flower (enl.)
1- Side view.
2- Back view.
3- Front view.

Flowers are in reversed position.

(Side sepals are at the top side of Flower

埃比尼泽·爱德华·葛斯特罗　绘于 1922 年
高山韭兰 *Prasophyllum elatum*

亚当·福斯特　绘于 1917 年

高山韭兰

翅柱兰属 *Pterostylis*

俗称：绿翅柱兰、红翅柱兰、胡子兰、壶兰

1810年，罗伯特·布朗首次描述了该属。

翅柱兰属的学名*Pterostylis*来自希腊语*pteron*（翅）和*stylos*（触笔、笔），指的是这一属植物的花柱顶端的明显羽翅。

这一属近来被重新研究，目前被认为可细分为9个属。但是，这一改变并未得到广泛承认，因为大部分插图原来都归于一个属，因此本部分沿用了翅柱兰属的属级名称。

这一属兰花有超过200种，遍布整个澳大利亚（北部热带地区除外）及新西兰、新喀里多尼亚、新几内亚和帝汶岛。该属种类繁多，但都具有典型的莲座状叶。所有种类均有一朵头盔状的花，侧萼片或包裹住花，或向后折叠，暴露出唇瓣。所有种类的唇瓣都对碰触十分敏感。

罗伯特·戴维·菲茨杰拉德　绘于 1881 年
穗状韭兰 *Prasophyllum fimbria*

亚当·福斯特　绘于 1923 年
浸会翅柱兰 *Pterostylis baptistii*

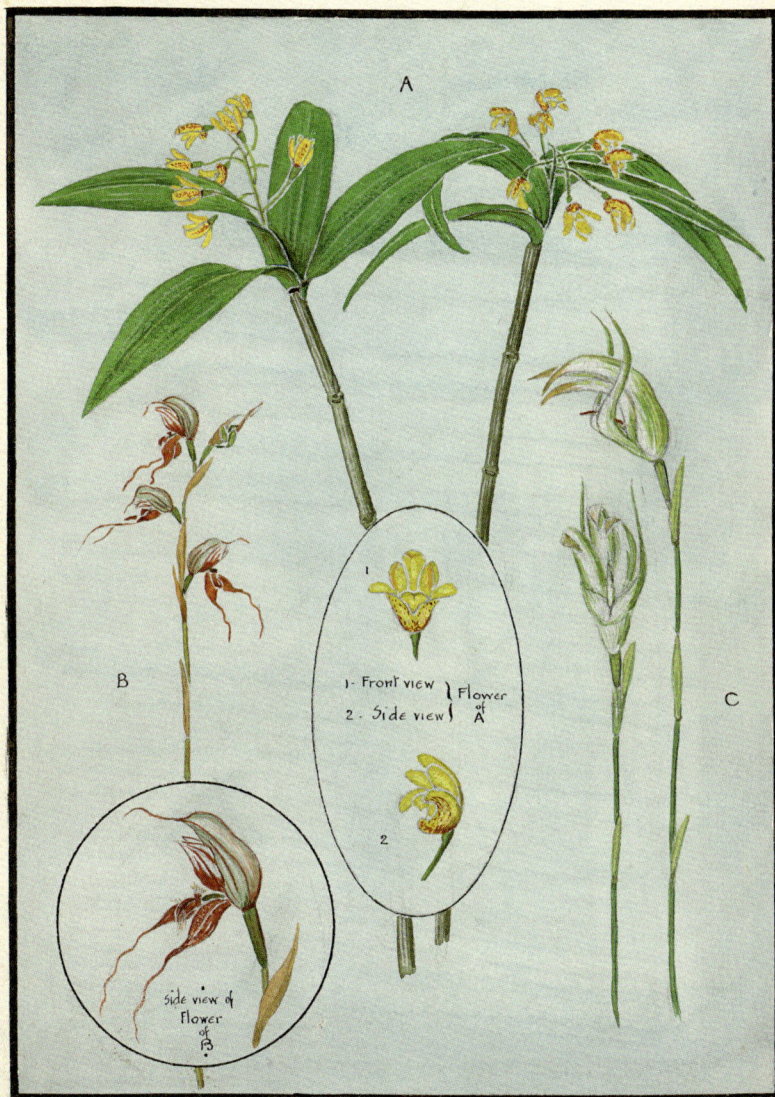

A. Dendrobium gracilicaule . (   ) . Orchidaceae .   Gosford . (Sept.)
B. Pterostylis rufa - (   ) - Orchidaceae -   Cundletown · Manning R. (Sept)
C. Pterostylis baptistii - (   ) - Orchidaceae -   Cundletown · Manning R. (Sept)

埃比尼泽·爱德华·葛斯特罗　绘于 1926 年
长毛翅柱兰 *Pterostylis chaetophora*（图左）
浸会翅柱兰（图右）
禾叶石斛（又称纤细石斛）*Dendrobium gracilicaule*（图中）

亚当·福斯特　绘于1928年
猩红翅柱兰 *Pterostylis coccihea*

罗伯特·戴维·菲茨杰拉德　绘
阿瑟·J.斯托普斯　刻印于1882年
下弯翅柱兰 *Pterostylis recurva*（图左）
须唇翅柱兰 *Pterostylis barbata*（图右）

作者注：绿花翅柱兰是一种常见
的高山森林兰花，遍布于澳大利
亚东南部，包括塔斯马尼亚岛，
它的典型特征是具有二形性（具
有两种生长的植株形态）。这里所
绘的是植株基部缺少叶子的开花
植物，而无花的植株会在贴地或
近地处长出莲座状叶。

佚名画家　绘于 1842 年

绿花翅柱兰 *Pterostylis decurva*

作者注：福斯特以为他画的是翅柱兰的两种形态，但是两种植株形态中较小的那棵，后来被认定为另一个种，即雨林翅柱兰。

亚当·福斯特　绘于 1920 年和 1924 年
雨林翅柱兰 *Pterostylis hildae*（图左）
翅柱兰（图右）

"Superb Greenhood"
Mathews Mt. 21.6.81.

凯瑟琳·麦克阿瑟　绘于 1981 年
大花翅柱兰 *Pterostylis grandiflora*

费迪南德·鲍尔　绘于1813年

大花翅柱兰

Orchis from Knocklofty
Sept 1882.

哈罗德·约翰·格雷厄姆　绘于 1882 年
垂序翅柱兰 *Pterostylis nutans*

作者注：具梗翅柱兰是一种常见的成片生长的翅柱兰，常见于澳大利亚东南部的潮湿森林地区。

苏珊·费里迪 绘于 19 世纪 50 年代

具梗翅柱兰 *Pterostylis pedunculata*

玛格丽特·科克伦·斯科特　绘于19世纪90年代
羽毛状翅柱兰

作者注：菲茨杰拉
德的草图画的是一
株没开花的翅柱兰
植物。

罗伯特·戴维·菲茨杰拉德　绘于1881年
须唇翅柱兰

玛格丽特·科克伦·斯科特　绘于19世纪90年代
粗壮翅柱兰

玛丽安·柯林森·坎贝尔　绘于 1844 年
变红翅柱兰 *Pterostylis rubescens*
披散银桦 *Grevillea diffusa*

罗伯特·戴维·菲茨杰拉德　绘于 1881 年
紫红纹蓬兰 *Pterostylis sanguinea*

罗伯特·戴维·菲茨杰拉德　绘于 1881 年
纵纹翅柱兰 *Pterostylis vittata*

作者注：菲茨杰拉德的纵纹翅柱兰素描既画了开花植株，也画了未开花植株。

喙兰属*Pyrorchis*

俗称：火喙兰、火兰

1994年，戴维·L. 琼斯和马克·A. 克莱门茨首次描述了该属。

喙兰属的学名*Pyrorchis*来自希腊语*pyr*（火）和*orchis*（另一个兰花属），是指该属的花期常在如火夏日，花朵缤纷繁茂。

喙兰为澳大利亚特有类群，包括2个种，在澳大利亚南部许多地区都很常见，常大片生长（有时植株数以千计），叶子一般是平直的革质绿叶，伴有红色斑点，没有花的迹象。喙兰的植株通常只在如火夏日开花，因此也常被称作火兰。喙兰的另一大特征就是，一旦植株被摘下或挤压，就会变黑。

作者注：喙兰生长于澳洲大陆南部。这一属还有另一个种，叫粉红喙兰（*Pyrorchis forrestii*），也是西澳大利亚西南部的原生种。

亚当·福斯特　绘于 1923 年

红喙兰 *Pyrorchis nigricans*

柱帽兰属 *Thelymitra*

俗称：太阳兰

1776年，约翰·莱因霍尔德·福斯特和乔治·福斯特首次描述了该属。

柱帽兰属的学名 *Thelymitra* 来自希腊语 *thelys*（女性的）和 *mitra*（帽子、头巾），指该属植物的花柱中柱（花柱的一部分）像是一顶帽子覆盖在花药上。

全世界共有大约110种柱帽兰，其中澳大利亚有95种（其中6种也分布在新西兰）。柱帽兰分布广泛，澳大利亚各州都有，北部地区除外。所有的柱帽兰都常被称作太阳兰，因为所有的花都只在晴天盛开，晚上闭合。柱帽兰的花常常颜色饱满，花朵呈星形，唇瓣就像一片花瓣。

作者注：侧帆柱帽兰在南澳的布莱克伍德较为常见，时常会松散地成片出现。

玛格丽特·科克伦·斯科特
绘于19世纪90年代
侧帆柱帽兰 *Thelymitra antennifera*

范妮·安妮·查斯利　绘于 1867 年

从左至右依次为：似谷鸢尾柱帽兰（*Thelymitra ixiodes*）、具耳柱帽兰（*Thelymitra aristata*）、葱水仙（*Burchardia umbellata*）、盆丝百合（*Thelionema caespitosum*）、伞序盆丝百合（*Thelionema umbellatum*）

玛丽安·柯林森·坎贝尔　绘于 1848 年
似谷鸢尾柱帽兰、茜色车叶梅 *Bauera rubioides*

约翰·亨特　绘于 1788—1790 年
似谷鸢尾柱帽兰

亚当·福斯特　绘于 1925 年左右
似谷鸢尾柱帽兰

作者注：埃比尼泽·爱德华·葛斯特罗画了一对绯红鸲鹟 *Petroica booclang*，背景就是似谷鸢尾柱帽兰。

埃比尼泽·爱德华·葛斯特罗　绘于 1931 年
似谷鸢尾柱帽兰

凯瑟琳·麦克阿瑟　绘于 1960 年左右
似谷鸢尾柱帽兰

作者注：似谷鸢尾柱帽兰的花朵通常是有斑点的。有趣的是，在原先人们描绘这种植物的画作中都是没有斑点的，就像这幅画中所示。

SUN ORCHID

Thelymitra ixioides

玛丽安·柯林森·坎贝尔　绘于 19 世纪

裸柱帽兰 *Thelymitra nuda*（图中）

其他植物从左至右分别是：荒地远志（*Comesperma ericinum*）、宽叶楔豆（*Gompholobium latifolium*）、孤立沙耀花豆（*Swainsona sejuncta*）、匐枝银桦（*Grevillea baueri*）

玛格丽特·科克伦·斯科特　绘于 19 世纪 90 年代
裸柱帽兰

玛格丽特·科克伦·斯科特　绘于 19 世纪 90 年代
红色柱帽兰 *Thelymitra rubra*

佚名画家　绘于 1842 年
裸柱帽兰

亚当·福斯特　绘于 1925 年

条纹柱帽兰 *Thelymitra venosa*

附生兰

石豆兰属*Bulbophyllum*

俗称：石豆兰

1822年，法国植物学小图阿尔首次描述了该属。

石豆兰属的学名*Bulbophyllum*来自希腊语*bolbos*（球状物）和*phyla*（叶子），指该属植物普遍的特征是叶子生长在一个球形鳞茎先端。

石豆兰分布在全世界的热带地区，或许是世界上最大的兰花属，共有2000种左右——其中只有34种分布在澳大利亚。该属包括许多奇异的种，在一个多世纪里深受兰花收集者的青睐。许多石豆兰都是由蝇类授粉的。石豆兰的花朵会发出多种气味，模拟甜美、熟透的果实，或者汁液、血液、粪便和腐肉，吸引蝇类来访。

亚当·福斯特　绘于 1924 年
弱小石豆兰 *Bulbophyllum exiguum*

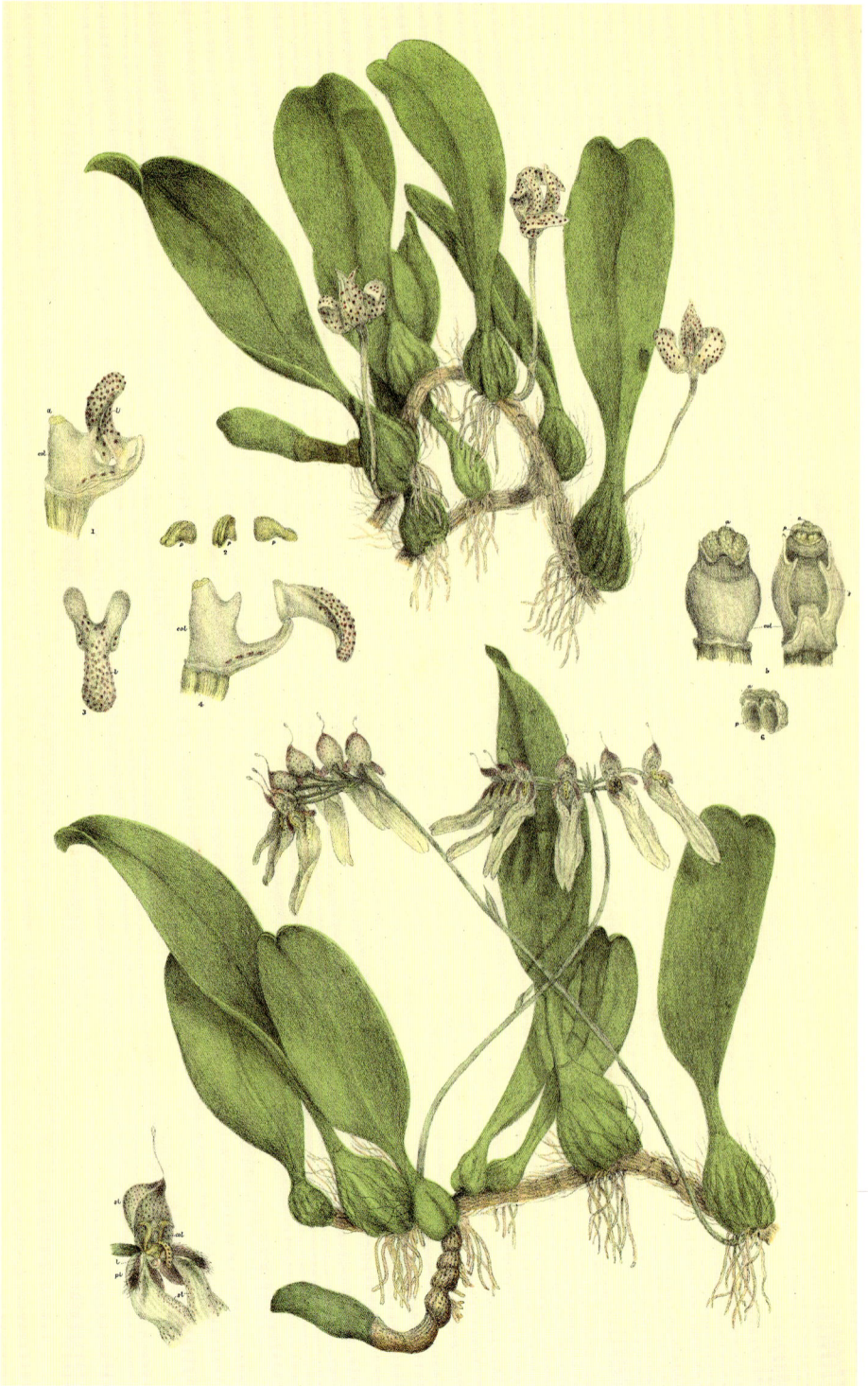

亚当·福斯特　绘于 1919 年
菠萝兰 *Bulbophyllum elisae*

罗伯特·戴维·菲茨杰拉德　绘于 1891 年
果蝇石豆兰 *Bulbophyllum baileyi*（图上）
长花石豆兰 *Bulbophyllum longiflorum*（图下）

作者注：这两种石豆兰的叶子长达 10 厘
米，是澳大利亚石豆兰属植物中最长的。

罗伯特·戴维·菲茨杰拉德　绘，阿瑟·J.斯托普斯　刻印于 1893 年
小睫毛兰 *Bulbophyllum macphersonii*

埃利斯·罗曼　绘于 1891 年
沟叶兰

兰属*Cymbidium*

俗称：船唇兰

1799年，瑞士植物学家奥利夫·彼得·斯瓦茨首次描述了该属。

兰属的学名*Cymbidium*来自希腊语*kymbes*（船形的杯子），很明显指的是有些种类的花萼呈船形。

全世界有超过70种兰属植物，主要分布于东南亚，一直延伸到新几内亚和澳大利亚，但只有3种产于澳大利亚本土。和石豆兰属一样，大多数兰属植物都有假鳞茎，那是它们的储存器。尽管这一种属既包括地生植物也包括附生植物，但所有的澳大利亚兰属植物都是附生的。大多数地生兰属都有着直立的茎秆，或是成簇的直立叶子，花序呈拱形，花朵小而绚丽。地生兰属植物一般生长于山地森林中，最北可至日本，在那里，它们的植株每年都会被白雪覆盖一次。附生兰属通常生长在低地森林里光线较好的树上。许多附生兰属都有厚厚的、皮革状的叶子，以及长长的、成簇的下垂花朵，花朵大而绚丽。

亚当·福斯特　绘于 1924 年
沟叶兰

作者注：甜味兰的香气浓郁、甜美，它的种加词为 *suave*，在拉丁语中是"甜"的意思。该种的授粉由当地野蜂完成，而野蜂是受到了花朵深处花香和花蜜的引诱而来。

兰属是非常受人欢迎的家养兰花种类之一，很适合养兰新手，也很合适作为花店的鲜切花。如今，兰属已经培育出数千个杂交品种。

费迪南德·鲍尔　绘于 1801—1803 年，出版于 1995 年

甜味兰 *Cymbidium suave*

埃利斯·罗曼　绘于 1891 年

沟叶兰

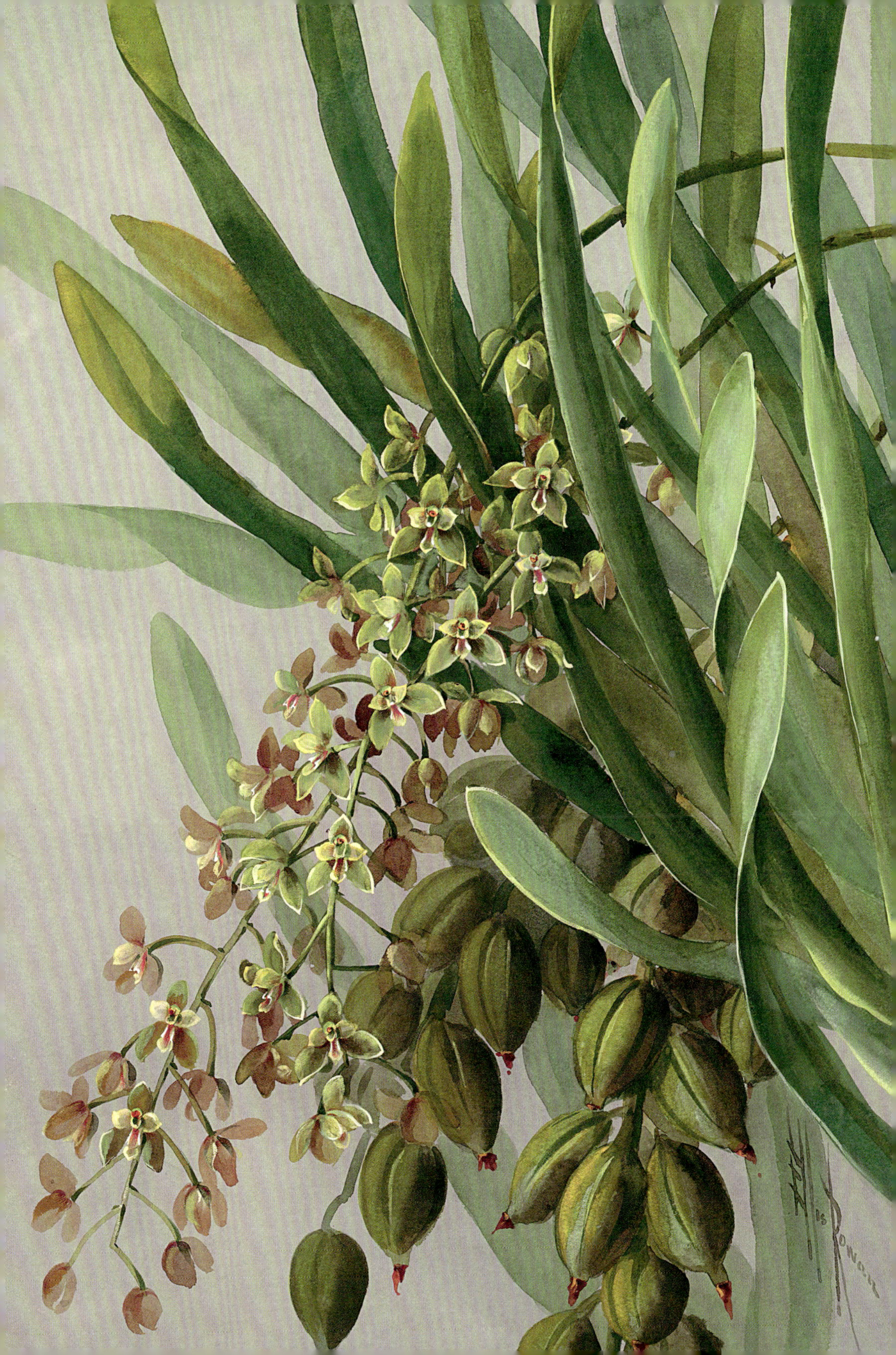

石斛属*Dendrobium*

俗称：树兰、石兰

1799年，瑞士植物学家奥利夫·彼得·斯瓦茨首次描述了该属。

石斛属的学名*Dendrobium*来自希腊语*dendros*（树）和*bios*（生命），指的是该属大部分种附生于树上的习性。

石斛属物种数量庞大，在整个亚洲和太平洋地区有超过1200种，其中75种生长在澳大利亚东部沿海的森林里，尤多分布在雨林和湿润的生态环境里。石斛属也见于澳大利亚北部长满藤蔓的森林里，还有一些生长在桉树科（千层树）森林里。

埃利斯·罗曼　绘于 1887 年
双峰石斛 *Dendrobium bigibbum*

作者注：埃利斯·罗曼先后数次到访昆士兰，被当地甜美的热带植物石斛深深吸引，石斛也成为她绘画的常见题材。

作者注：细管石斛几乎完全附生在白千层（*Melaleuca*）上，而白千层又被人称为茶树，因此细管石斛也俗称茶树兰。

埃利斯·罗曼　绘于1891年

双峰石斛（图中）

细管石斛 *Dendrobium canaliculatum*（图上、图下）

埃利斯·罗曼　绘于 1891 年
双峰石斛
绿花石斛（又称双镰石斛）*Dendrobium bifalce*

埃利斯·罗曼 绘于 19 世纪 80 年代

柱叶石斛 *Dendrobium teretifolium*

DENDROBIUM Canaliculatum.

Printed at the Surveyor General's Office Sydney N.S.W.

罗伯特·戴维·菲茨杰拉德　绘，阿瑟·J.斯托普斯　刻印于 1877 年

细管石斛

亚当·福斯特　绘于 1920 年
澳洲石斛 *Dendrobium kingianum*

埃利斯·罗曼　绘于 19 世纪 80 年代
拉氏石斛 *Dendrobium jonesii*

亚当·福斯特　绘于 1918 年

牛舌石斛 *Dendrobium linguiforme*

"Lily of The Valley Orchid"
DENDROBIUM MONOPHYLLUM.

凯瑟琳·麦克阿瑟　绘于 1959 年

单叶石斛 *Dendrobium monophyllum*

作者注：这种石斛被称为"山谷百合"，因它香气浓郁，好似原产欧亚大陆的"山谷百合"欧铃兰（*Convallaria marjalis*）。

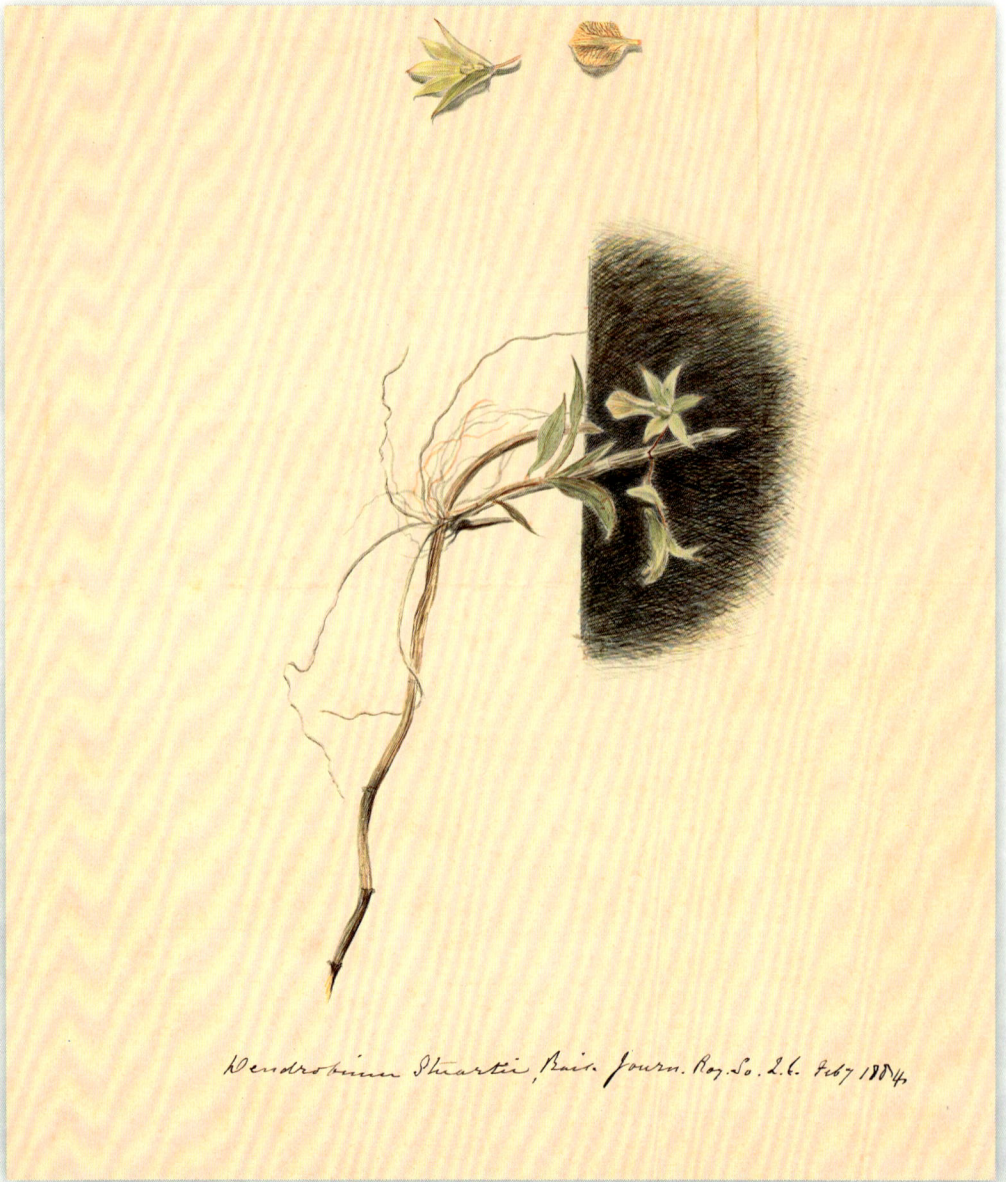

Dendrobium Stuartii, Baÿ. Journ. Roy.Io. 2.6. Feby 1884

珍妮特·奥康纳　绘于 1884 年

大序石斛 *Dendrobium macrostachyum*

罗伯特·戴维·菲茨杰拉德　绘于 19 世纪 70 年代

蝴蝶石斛 *Dendrobium phalaenopsis*

作者注：这种石斛由菲茨杰拉德描绘，标本采集于库克敦附近，由其友人布卢姆菲尔德船长带回悉尼种植。这一物种被称为库克敦兰，是昆士兰的州花。1959 年，它正式登报被称为州花，当时的学名为 *Dendrobium bigibbum var. phalaenopsis*。因此，尽管双峰石斛（*D. bigibbum*）也被称为库克敦兰，但蝴蝶石斛（或者说很多植物学家认为蝴蝶石斛）才是真正的州花。

罗伯特·戴维·菲茨杰拉德　绘于 19 世纪 70 年代
单叶石斛

埃利斯·罗曼　绘于 1887 年左右
宁氏石斛 *Dendrobium nindii*

罗伯特·戴维·菲茨杰拉德　绘，阿瑟·J.斯托普斯　刻印于 1880 年
蝴蝶石斛

亚当·福斯特　绘于 1919 年

细瓣石斛 *Dendrobium aemulum*

作者注：罗曼画的是一条棕树蛇，正在捕食一只鸟。

埃利斯·罗曼　绘于 1887 年

绿宝石石斛 *Dendrobium smillieae*

罗伯特·戴维·菲茨杰拉德　绘，阿瑟·J. 斯托普斯　刻印于 1879 年

绿宝石石斛

作者注：大明石斛长在岩石裸露的岩面和悬崖上，在整个澳大利亚东部沿岸都能见到。这种强韧、美丽的兰花是附生兰中最易辨认的一种。

埃利斯·罗曼　绘于 19 世纪 80 年代

大明石斛 *Dendrobium speciosum*

"Rock Lily" Dendrobium

玛丽安·柯林森·坎贝尔 绘于 19 世纪 40 年代
大明石斛

亚当·福斯特　绘于 1926 年
大明石斛

多萝西·英格利希·帕蒂　绘于 1835 年
大明石斛

哈罗德·约翰·格雷厄姆　绘于 1883 年
大明石斛

作者注：这种兰花是相对较为罕见的自然杂交的结果，由两种常见种——异色石斛（*Dendrobium undulatum*，亦作 *Dendrobium disclor*）和双峰石斛杂交而成。两种石斛都长在热带的昆士兰，包括托雷斯海峡的一些海岛，以及新几内亚南部的一些地区。这个杂交植株在 19 世纪中期被描述出来，此后深受兰花收藏家的追捧，因为它的花朵呈淡紫色，十分美丽。这一杂交石斛和其他相似的自然或人工杂交石斛，构成了东南亚鲜切花兰花种植业的基础。

埃利斯·罗曼　绘于 1891 年

石斛杂交品种 *Dendrobium × superbiens*

埃利斯·罗曼　绘于 1887 年左右
柱叶石斛 *Dendrobium teretifolium*

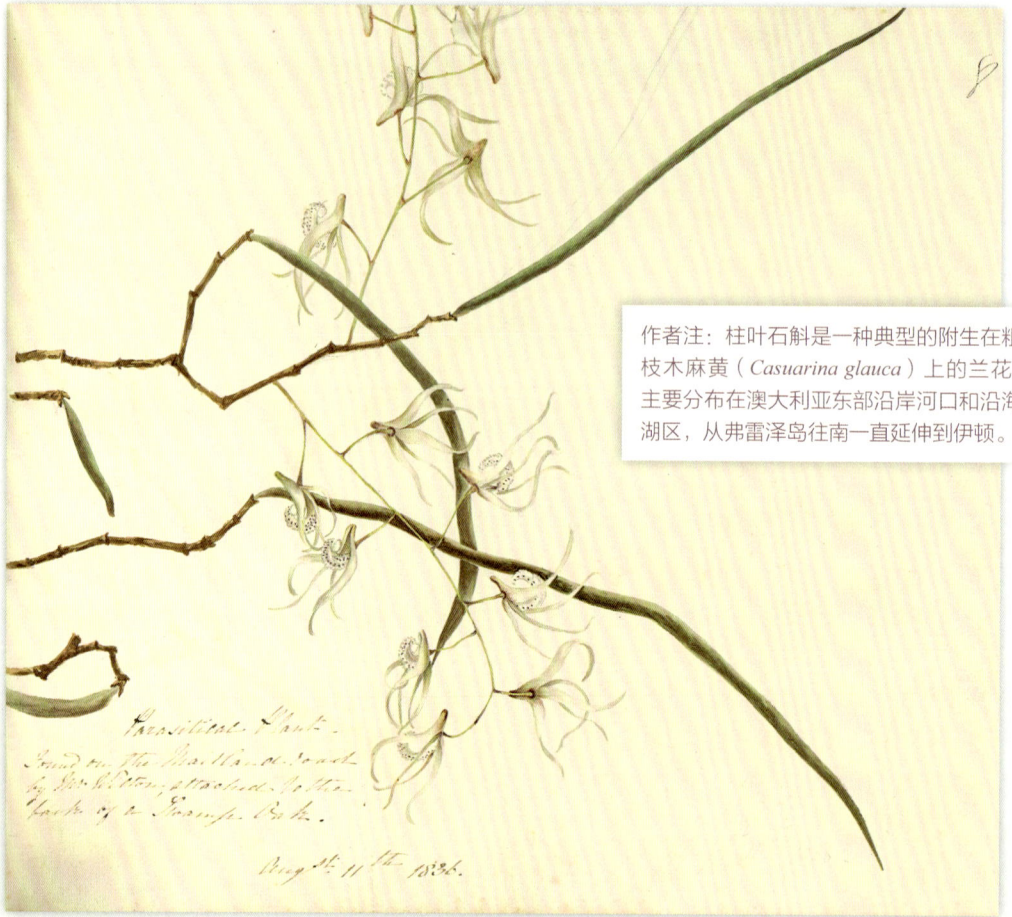

作者注：柱叶石斛是一种典型的附生在粗枝木麻黄（*Casuarina glauca*）上的兰花，主要分布在澳大利亚东部沿岸河口和沿海湖区，从弗雷泽岛往南一直延伸到伊顿。

多萝西·英格利希·帕蒂　绘于 1836 年

柱叶石斛

亚当·福斯特　绘于 1919 年

蜘蛛石斛 *Dendrobium tetragonum*

费迪南德·鲍尔　绘于 1801 年，出版于 1995 年
异色石斛

埃利斯·罗曼　绘于 19 世纪 90 年代
异色石斛

From Nature by R.D.Fitzgerald F.L.S

On Stone by Arthur J Stop

拟香荚兰属 *Pseudovanilla*

俗称：大攀爬兰

1986年，当莱斯利·加雷从山珊瑚属（*Galeola*）中分离出苞荚兰（*Pseudovanilla foliata*）等种类时，他首次描述了拟香荚兰。基因对比研究后来也证明了他是正确的。

拟香荚兰属的学名*Pseudovanilla*来自希腊语*pseudes*（假的）和另一个兰花属*vanilla*（香荚兰），指的是拟香荚兰属与香荚兰的相似性。

拟香荚兰属在全世界共有8个种，只有1种是澳大利亚本土种，分布在南达麦考利港的澳大利亚东部沿海的雨林里。这些藤蔓状的兰花有着强壮的绿色根茎，可以攀附到邻近的树上。无数黄色的花朵只开放一天，但整株植物的花期可维持多天。正如其名所示，它们和香荚兰属关系密切。

罗伯特·戴维·菲茨杰拉德　绘，
阿瑟·J.斯托普斯　刻印于1882年
苞荚兰

作者注：尽管苞荚兰扎根地面，但它们会攀爬到任何可以攀附的树上，随之绽放花朵。

糙根兰属*Rhinerrhiza*

俗称：糙根兰

1951年，赫尔曼·鲁普首次描述了该属。

糙根兰属的学名*Rhinerrhiza*来自希腊语*Rhinein*（锉）和*rhizos*（根），指的是粗糙的疣状根。

该属只有1个种，常见于澳大利亚东部雨林。植物长有扁平的疣状根，茎向外延伸，簇生叶宽大、平展、坚硬，常为墨绿色，质地像纸。花序长而窄细，长出无数蜘蛛般的黄色花朵，花瓣上有橘色斑点，花期仅1~2天。

罗伯特·戴维·菲茨杰拉德　绘，
阿瑟·J. 斯托普斯　刻印于 1878 年
糙根兰 *Rhinerrhiza divitiflora*

亚当·福斯特　绘于 1925 年
糙根兰

狭唇兰属 *Sarcochilus*

俗称：蝴蝶兰、仙女钟

1810年，罗伯特·布朗首次描述了该属。

狭唇兰属的学名 *Sarcochilus* 来自希腊语 *Sarcos*（肉的）和 *chrilod*（唇），指的是丰满的肉质唇瓣。

这一属大约有19个种，大多数常见于澳大利亚东部的雨林地区，包括塔斯马尼亚岛，其他种也见于新喀里多尼亚。簇生叶呈风扇状，叶片有多有少，根系发达，可沿寄主树木的树枝攀爬。花朵不大，但非常明显，花瓣和萼片形状独特，并具有粗钝、呈杯状的、颜色鲜艳的唇瓣。

亚当·福斯特　绘于 1920 年
肉唇兰（又称弯叶狭唇兰）*Sarcochilus falcatus*

作者注：菲茨狭唇兰的学名是为了纪念罗伯特·戴维·菲茨杰拉德。

亚当·福斯特　绘于 1925 年
菲茨狭唇兰 *Sarcochilus fitzgeraldii*

作者注：1980 年，罗伯特·戴维·菲茨杰拉德在新南威尔士中北部海岸的贝林格河所形成的一处瀑布边，发现了菲茨狭唇兰，并将它送给植物学家费迪南德·鲍尔·冯·米勒。米勒便将这一物种命名为"fitzgeraldii"。

罗伯特·戴维·菲茨杰拉德，绘于 1877 年

菲茨狭唇兰

亚当·福斯特　绘于 1925 年

希尔狭唇兰（又称桃金娘铃）*Sarcochilus hillii*

亚当·福斯特　绘于 1923 年
小花狭唇兰 *Sarcochilus parviflorus*

画家小传

安加斯，乔治·弗伦奇（1822—1886）

　　乔治·弗伦奇·安加斯是一位博物学家和画家。他出生在英国泰恩河畔的纽卡斯尔。1844—1845年，安加斯首次到访澳大利亚，记录了他在南澳大利亚旅行的沿途美景。返回伦敦之后，他出版了数部作品，其中就包括《南澳画册》。画册内含60幅平版印刷画，大多数翻刻自安加斯的原版水彩画。

　　1850年，安加斯重返澳大利亚，一待就是13年。他被任命为悉尼澳大利亚博物馆的秘书，监管澳大利亚第一次公开征集的动、植物标本，尤其是扇贝类标本的分类和排列工作。1886年，安加斯在伦敦逝世。

鲍尔，费迪南德·卢卡斯（1760—1826）

　　费迪南德·鲍尔出身于澳大利亚艺术世家，被约瑟夫·班克斯爵士任命为博物画师，于1801—1803年随马修·弗林德斯（1774—1814）环行澳大利亚。41岁的鲍尔与植物学家罗伯特·布朗（1773—1858）合作密切，1803年6月，弗林德斯回到英国修补"调查者号"，鲍尔则逗留澳大利亚，继续搜集标本和绘画。1805年，鲍尔乘"调查者号"返回英国，共带回2073件绘画作品，其中1540件画的是澳洲植物。1814年，鲍尔回到奥地利。直到20世纪，鲍尔的一些画作才被公开出版。

坎贝尔，玛丽安·柯林森（1827—1903）

玛丽安·柯林森出生在新南威尔士州的猎人谷。她师承殖民地艺术家康拉德·马滕斯，她的父亲爱德华·克洛斯上尉也是一位才华横溢的水彩画家。玛丽安嫁给了她的远房亲戚乔治·坎贝尔，后者的家族住在邓特伦，如今的堪培拉附近。她的画作既包括西澳大利亚当地的原生植物，也包括新南威尔士的蓝山和昆士兰的莫顿湾附近的植被。但是她的大部分画作都还是在邓特伦和悉尼附近完成的。

查斯利，范妮·安妮（1828—1915）

从儿时开始，范妮·安妮·查斯利就接受了素描和油画训练。1857年，她举家从英国迁至墨尔本，开始采集、素描和彩绘周围的野花。她为维多利亚政府的植物学家费迪南德·冯·米勒男爵采集植物，后者将她画作中的标本和植物种类加以识别鉴定。她的许多作品画的都是一组一组、多种多样的小野花。10年后，查斯利返回英国，将她的植物画作结集成册，刻印出版了《墨尔本附近的野花》（1867）。

芬顿，G.C.（活跃于19世纪60年代）

我们对G.C.芬顿知之甚少，只知道他/她居于南澳大利亚，在19世纪60年代曾绘制水彩画。

费里迪，苏珊（1818—1878）

苏珊·费里迪出生于英国，1846年随丈夫约翰·费里迪主教和6个孩子移居塔斯马尼亚岛（范迪门地）。她是一位才华横溢的画家，和丈夫一起收集和记录了泰马河沿岸的藻类和贝壳。在1866—1867年墨尔本的殖民地地区展览中，苏珊·费里迪展示了她绘制的当地植物和藻类作品。

菲茨杰拉德，罗伯特·戴维（1830—1892）

罗伯特·戴维·菲茨杰拉德是一名测绘员和博物学家。他出生在爱尔兰的凯里郡，于1856年受雇于西南威尔士土地局，来到悉尼。作为一个熟悉鸟类和动物标本制作技术的博物学家，1864年，他前往纽卡斯尔南部的沃利斯湖访问友人沃尔特·斯科特·坎贝尔，归来之后决意研究兰花。菲茨杰拉德最著名的作品是《澳洲兰花》，创作于1875—1882年，其中囊括了许多第一次被世人所知的兰花。

福斯特，亚当（1848—1928）

亚当·福斯特在德国出生时的名字叫卡尔·路德维希·奥古斯特·威亚尔达。他在南非待过一段时间，1891年来到悉尼，改名为亚当·福斯特。他曾任悉尼药监局委员会的登记员长达20年之久，直至退休。作为一个自学成才的植物画家，福斯特创作了数百幅澳大利亚花卉的水彩画。他的画作一般都是西斯尔·哈里斯的《澳大利亚的野生花卉》（1938年）的插画。克丽丝托贝尔·马丁利的《绝妙一笔：亚当·福斯特的野花画作》（*A Brilliant Touch: Adam Forster's wildflower paintings*，2010）收集了他的一系列画作。

葛斯特罗，埃比尼泽·爱德华（1866—1944）

埃比尼泽·爱德华·葛斯特罗出生于悉尼，作为一名学校教师，他让他的学生也爱上了大自然。尽管埃比尼泽·爱德华·葛斯特罗没有接受过正式的艺术训练，但他决心尽可能多地绘制自己发现的野生植物。在他被任命到新南威尔士州乡村期间，他精进了自己的绘画技艺。20世纪20年代，埃比尼泽·爱德华·葛斯特罗退休，决心开始绘制澳大利亚所有的鸟类。这些鸟类水彩画也都和他的植物画一样成功。2010年，埃比尼泽·爱德华·葛斯特罗的一系列画作由克丽丝托贝尔·马丁利出版，名为《自然之爱：埃比尼泽·爱德华·葛斯特罗的花鸟画》（*For the Love of Nature: E. E. Gostelaw's Birds and Flowers*）。

格雷厄姆，哈罗德·约翰（1858—1929）

哈罗德·约翰·格雷厄姆出生于苏格兰，1881年，出于治疗疾病的考虑，他来到东澳大利亚。作为一个热爱艺术的业余画家，格雷厄姆记录了他对当地风景、花草、动物的观察。格雷厄姆曾担任悉尼公共事业局水利部门的制图员，后因身体疾病退休，于1900年偕妻子儿女回到英国。

亨特，约翰（1737—1821）

第60页　金色双尾兰

第73页　大蜡唇兰

第107页　似谷鸢尾柱帽兰

1788年1月，第一舰队的旗舰"天狼星号"的船长约翰·亨特来到植物湾。他在悉尼湾绘制动、植物，并于1790年在诺福克岛上复制乔治·雷珀的画作。亨特将有关澳大利亚动物的报告、标本和图画发给约瑟夫·班克斯等人。他的《杰克逊港和诺福克岛的历史之旅》（*An Historical Journal of the Transaction at Port Jackson and Norfolk Island*，1793）包括了很多对澳大利亚野生动物的第一手记录。1795年，亨特被擢升为新南威尔士州州长。

麦克阿瑟，凯瑟琳（1915—2000）

第94页　大花翅柱兰

第109页　似谷鸢尾柱帽兰

第135页　单叶石斛

凯瑟琳·麦克阿瑟出生于布里斯班，没有经历过正规的绘画训练。1950年，麦克阿瑟开始绘制野花，并于1959年出版了她的第一本画册《昆士兰的野花》（*Queensland Wildflowers*）。麦克阿瑟也是一名环保主义者，为了保护河流、海滩、野生动物和自然景观，决心从事公益教育事业，宣传环境的脆弱性。1962年，她和诗人朱迪思·赖特等人一起，发起成立了昆士兰野生动物保护协会。

梅雷迪思，路易莎·安妮（1812—1895）

第10页　羽毛状翅柱兰、东方双尾兰、大蜡唇兰、青须兰、钻形隐柱兰、棒状裂缘兰、扁平胡须兰、翅柱兰

路易莎·安妮·梅雷迪思是一位艺术家和插画家，生于英格兰的伯明翰。她由母亲教育，能写作诗集，并自配插画。她嫁给了一位远房亲戚，并于1839年跟随丈夫抵达悉尼。梅雷迪思细致地描述殖民地生活，绘制了许多新南威尔士州、维多利亚和塔斯马尼亚岛的动、植物图画。她还写了两部小说。梅雷迪思因为描绘澳大利亚国内外的野花，获得了多枚勋章，其中就包括1866—1867年举办的墨尔本殖民地地区展览会奖章。她在墨尔本的科林伍德逝世。

奥康纳，珍妮特（活跃于19世纪90年代）

第136页　大序石斛

我们对珍妮特·奥康纳知之甚少，只知道她于19世纪90年代在昆士兰绘制水彩画。

帕蒂，多萝西·英格利希（1805—1836）

第56页　花叶双足兰

第146页　大明石斛

第150页　柱叶石斛

绘画是多萝西·英格利希·伯纳德所接受的英国教育的一部分。1830年，她嫁给了军事长官约翰·帕蒂，并随丈夫去悉尼赴任，之后又去了新南威尔士州的纽卡斯尔。她的家人和朋友采集当地的本土植物，供多萝西绘画。她的画作植物特征明显，均标注日期，还经常加入采集人姓名信息和植物习性的注释。在生下第三个儿子之后，帕蒂就去世了，时年31岁。

普莱，维克图瓦（活跃于1804—1835年）

第5页　具翅双袋兰（具翅翅柱兰）

维克图瓦·普莱是一位法国雕版师，来自技术高超的雕版世家。他的哥哥弗朗索瓦和父亲奥古斯特·普莱也都是雕版师，父子三人在19世纪早期广泛游览南美洲，收集植物。维克图瓦和父亲版刻了雅克·拉比亚迪埃的《新荷兰植物观察》（1804—1806）中的大部分画作，该作品是当时对澳大利亚花卉的最全面的描述。

普瓦托，皮埃尔-安托万（1766—1854）

第5页　具翅双袋兰（具翅翅柱兰）

自1796年开始，法国植物学家、园艺师和植物画家皮埃尔-安托万·普瓦托在法属西印度群岛为法国政府工作。1801年，普瓦托返回法国，和奥古斯特、维克图瓦·普莱一起，为雅克·拉比亚迪埃的《新荷兰植物观察》（1804—1806）刻版。

雷珀，乔治（1769—1797）

乔治·雷珀也是第一舰队"天狼星号"上的一员。他学会了绘制航海图和海岸线。1789年6—11月，"天狼星号"在悉尼湾休整，并于1790年搁浅在了诺福克岛，雷珀便开始绘画鸟类和植物，这也许是受到了约翰·亨特的鼓励。1791年，雷珀离开英格兰，开始了为期一年的艰苦旅程。但很明显，他再未提起画笔。1796年，雷珀被擢升为远征队中尉，派往西印度群岛。雷珀死于航行之中，死因不明，年仅28岁。

罗曼，埃利斯（1848—1922）

玛丽安·埃利斯·瑞安生于墨尔本。她自学绘画，成为一位享有国际声誉的多产画家。她的丈夫弗雷德里克·罗曼上校是一位敏锐的植物学家和环保主义者。受到丈夫的鼓励，埃利斯独自游览了澳大利亚的偏远地区、巴布亚新几内亚、喜马拉雅山脉、美国等地区，寻找并绘制濒危的珍稀植物、鸟类和蝴蝶。埃利斯的画作对植物特征描述准确，维多利亚政府植物学家费迪南德·冯·米勒使用了多幅她的作品，来确定未知物种。

鲁普，赫尔曼·M.R.（1872—1956）

赫尔曼·M.R.鲁普出生于维多利亚的仙女港，后来做了一名圣公会的牧师，他的大部分工作时间都待在新南威尔士州乡村地区。鲁普采集了大量植物标本，后因采集、研究兰花而颇负盛名。他采集的大部分植物标本，现在都储藏在墨尔本大学的植物系。

斯科特，玛格丽特·科克伦（1825—1919）

玛格丽特·科克伦·利特尔在私立中小学教育里，学会了简单的绘画技巧。28岁那年，她举家从英国迁至南澳大利亚，后定居阿德莱德，嫁给了戴维·怀利·斯科特。19世纪70年代，她开始速写野花。1893年，玛格丽特移居阿德莱德山区，尤其关注并主要绘制当地的兰花品种。她坚持绘画，一直到90多岁还在绘画。

斯托普斯，阿瑟·J.（1833—1931）

阿瑟·J. 斯托普斯于19世纪50年代从英国来到维多利亚，在本迪戈和巴拉腊特的金矿工作。他刻印了维多利亚时期金矿的场景，包括S.T.吉尔的画作《1855年维多利亚矿工和采掘的真实情况》（*The Diggers and Digging of Victoria as They Are in 1855*）。1864—1909年，斯托普斯作为刻印师，受雇于悉尼的新南威尔士州土地局。他最重要的作品，可能就是刻印了罗伯特·戴维·菲茨杰拉德的《澳洲兰花》（1882—1893）。

温，威廉（活跃于1844—1868年）

刻印师威廉·温为许多出版物制作了印版，如乔治·弗伦奇·安加斯的《南澳画册》（*South Australia Illustrated*，1846）和《卡菲尔人画册》（*The Kafirs Illustrated*，1849）、威廉·贝尔德的《不列颠昆甲类博物志》（*The Natural History of the British Entomostraca*，1850）和约翰·爱德华·格雷等的《沙马朗号航行的动物学》（*The Zoology of the Voyage of H. M. S. Samarang*，1850）等。

插图说明

提示：图画中的兰花名称既有学名又有俗名。下面的插图说明包括兰花作品出现在澳大利亚国家图书馆编目中的名字。这些名字或者是画师画作的原名，或者是其分类名。[*]

封面：
见第7页标题

目录后图
乔治·雷珀（George Raper，1769—1797）
斑唇双尾兰 *Purple Donkey Orchid*（*Diuris punctata*） 1788年）
水彩画，23.6厘米×18.8厘米
图片收藏
nla.pic-vn3579706

第3页
见67页标题

第5页
皮埃尔-安托万·普瓦托（Pierre-Antoine Poiteau，1766—1854，画家），维克图瓦·普莱（Victoire Plée，刻印师，1804—1835年从业）
具翅双袋兰（具翅翅柱兰）*Disperis alata*
《新荷兰植物观察》（*Novae Hollandiae Plantarum Specimen*），图210，雅克·拉比亚迪埃（Jacques-Julien Houtou de Labillardière）
（巴黎：ex typographia dominae Huzard，1804—1806）

澳大利亚善本收藏
nla.aus-f395

第7页
大白灵蛛兰*Caladenia longicauda*、丝状双尾兰*Diuris filifolia*、长柔毛柱帽兰*Thelymitra villosa*
《爱德华兹植物学名录（前二十三卷）》（*Appendix to the First Twenty-three Volumes of Edwards's Botanical Register*），附录图8，约翰·林德利（John Lindley）著
（伦敦：James Rudgway，1839）
澳大利亚善本收藏
nla.aus-f2791-1x

第9页
乔治·弗伦奇·安加斯（George French Angas，1822—1886，画家），威廉·温（William Wing，刻印师，1844—1868年从业）
鞘翅目昆虫*Entomology*，*Coleoptera* 1847年
手工着色活版；53.2厘米×35.8厘米
图片收藏
nla.pic-an7350651

---

[*] 插图说明中兰花作品名称与现行学名不完全一致。为便于读者阅读，中文译名一般与正文中现行学名译法一致。——编者注

第10页

路易莎·安妮·梅雷迪思（Louisa Anne Meredith, 1812—1895）

羽毛状翅柱兰（*Pterostylis plumosa*）、东方双尾兰（*Diuris orientis*）、大蜡唇兰（*Glossodia major*）、青须兰（*Caladenia deformis*）、钻形隐柱兰（*Cryptostylis subulata*）、棒状裂缘兰（*Caladenia clavigera*）、扁平胡须兰（*Calochilus platychilus*）、翅柱兰（*Pterostylis curta*）

《我的塔斯马尼亚草木朋友们》（*Some of My Bush Friends in Tasmania: Native Flowers, Berries, and Insects,Drawn from Life, Illustrated in Verse, and Briefly Described, Drawn from Life, Illustrated in Verse, and Briefly Described*），图8

图片收藏

（伦敦：Day & Son，1860）

澳大利亚善本收藏

nla.aus-vn2429782

第11页

玛丽安·柯林森·坎贝尔（Marrianne Collinson Campbell, 1827—1903）

双尾兰、触须裂缘兰和大蜡唇兰等8个种类*Isotoma fluviatilis with Eight Other Species* 1873年

水彩画；30.5厘米×22厘米

图片收藏

nla.pic-vn3626139

第12页

埃比尼泽·爱德华·葛斯特罗（Ebenezer Edward Gostelow, 1866—1944）

斑点柱帽兰、沼泽胡须兰、方斑裂缘兰、金色双尾兰*Thelymitraixioides, Calochilus paludosus*（*Bearded Orchid*），*Caladenia tessellata*（*Greenie Brownie*），*Diuris aurea*（*Golden Doubletail*） 1921年9月

图片收藏

nla.pic-an6134893

第17页

见48页标题

第19页

罗伯特·戴维·菲茨杰拉德（Robert David Fitzgerald, 1830—1892，画家）绘制，阿瑟·J. 斯托普斯(Arthur J. Stopps, 1833—1931, 刻印师)

雕齿槌唇兰，铅色槌唇兰 *Drakaea glyptodon, Drakaea livida* 1883年

《澳洲兰花》（*Australian Orchids*）第二卷，罗伯特·戴维·菲茨杰拉德

（悉尼：Thomas Richards, 政府出版商，1893）

澳大利亚善本图书收藏

nla.aus-f9623-2-10x

第25页

见45页标题

第26页

玛格丽特·科克伦·斯科特（Margaret Cochrane Scott, 1825—1919）

小针花兰*Acianthus var., Montacute*（局部）

19世纪90年代

水彩画；27.3厘米×9.5厘米

图片收藏

nla.pic-an10567791

第27页

玛格丽特·科克伦·斯科特（Margaret Cochrane Scott, 1825—1919）

粉唇蜘蛛兰*Caladenia patersoni*（*Red Spider*），*Montacute*（局部） 19世纪90年代

水彩画；38厘米×13.7厘米

图片收藏

nla.pic-an10567705

第28页

天蓝裂缘兰*Australian Orchid, Tibbereenah*

1882年8月22日
水彩画；22.8厘米×14厘米
图片收藏
nla.pic-an10561056

第29页
苏珊·费里迪（Susan Fereday, 1818—1878）
肉色裂缘兰　19世纪50年代
水彩画；16.4厘米×20.9厘米
图片收藏
nla.pic-an6120330

第30页
亚当·福斯特（Adam Forster, 1848—1928）
肉色裂缘兰*Caladenia carnea*，新南威尔士
州　1924年8月30日
水彩画;39厘米×28.2厘米
图片收藏
nla.pic-an6160547

第31页
埃比尼泽·爱德华·葛斯特罗（Ebenezer
Edward Gostelow, 1866—1944）
近无毛无根藤*Cassytha glabella*（*Devils
twine*）、肉色裂缘兰*Caladenia carnea*（*Pink
orchid*）、伞房桉*Eucalyptus corymbosa*
（*Bloodwood*），悉尼地区，新南威尔士州
（局部）　1923年
水彩画；33.5厘米×24.2厘米
图片收藏
nla.pic-an6132909

第32页
埃比尼泽·爱德华·葛斯特罗（Ebenezer
Edward Gostelow, 1866—1944）
链状裂缘兰等*Caladenia alba*（*White orchid*），
Acacia stricta，*Calotis cuneifolia*（*Burr
daisy,Bindyii, Bogan Flea*），*Billardiera
scandens*（*Dumplings*）（局部）　1921年
水彩画；33.5厘米×24.2厘米

图片收藏
nla.pic-an6132909

第33页
玛丽安·柯林森·坎贝尔（Marrianne Collinson
Campbell, 1827—1903）
链状裂缘兰*Glossodia major*、大蜡唇兰
Caladenia carnea、相思树*Acacia elongata*
19世纪
水彩画；13.2厘米×11.5厘米
图片收藏
nla.pic-vn3641660

第34页（左）
亚当·福斯特（Adam Forster, 1848—1928）
棒状裂缘兰*Caladenia clavigera*，新南威尔
士州　1925年10月15日
水彩画；39.3厘米×28.5厘米
图片收藏
nla.pic-an6160543

第34页（右）
玛丽安·柯林森·坎贝尔（Marrianne Collinson
Campbell, 1827—1903）
丝状裂缘兰*Caladenia filamentosa*　19世纪
水彩画；19.5厘米×12.8厘米
图片收藏
nla.pic-vn3622869

第35页
G.C.芬顿（G. C. Fenton）
优雅裂缘兰*Red Orchid*　19世纪60年代
水彩画；12.8厘米×17.5厘米
图片收藏
nla.pic-an5836937

第36页
罗伯特·戴维·菲茨杰拉德（Robert David
Fitzgerald, 1830—1892, 画家），阿瑟·J.
斯托普斯（Arthur J. Stopps, 1833—1931,

刻印师）
宽叶裂缘兰*Caladenia latifolia*、黄花裂缘兰
Caladenia flava 1889年
《澳洲兰花》第二卷第五部分，罗伯特·戴
维·菲茨杰拉德
（悉尼：Thomas Richards，政府出版商，
1893）
澳大利亚善本图书收藏
nla.aus-f9623-2-1x

第37页
苏珊·费里迪（Susan Fereday，1818—1878）
宽叶裂缘兰*Caladenia latifolia* 19世纪50
年代
水彩画；22.5厘米×14.7厘米
图片收藏
nla.pic-an6120335

第38页
玛格丽特·科克伦·斯科特（Margaret Cochrane
Scott，1825—1919）
窄唇裂缘兰*Caladenia leptochila* 19世纪90
年代
水彩画；21.5厘米×9.5厘米
图片收藏
nla.pic-an10567784

第39页
G. C.芬顿（G. C. Fenton）
佩特森裂缘兰*White Orchid*（局部） 19世
纪60年代
水彩画；12.8厘米×17.5厘米
图片收藏
nla.pic-an5836966

第40页
玛格丽特·科克伦·斯科特（Margaret Cochrane
Scott，1825—1919）
触须裂缘兰*Caladenia dilatata*（Spider Orchid）
19世纪90年代

水彩画；38厘米×13.7厘米
图片收藏
nla.pic-an10567771

第41页
亚当·福斯特（Adam Forster，1848—1928）
触须裂缘兰*Caladenia dilatata）Spider
Orchid*） 1923年10月27日
水彩画；39厘米×28.6厘米
图片收藏
nla.pic-an6160747

第42页
亚当·福斯特（Adam Forster，1848—1928）
方斑裂缘兰*Caladenia tesselata*、银鳞茅
Briza minor 1921年8月27日
水彩画；39厘米×28.5厘米
图片收藏
nla.pic-an6160774

第43页（左图）
触须裂缘兰*Spider Orchid*，南澳大利亚高山
岭（局部） 1905年左右
水彩画；17.8厘米×12.8厘米
图片收藏
nla.pic-vn5973997

第43页（右图）
埃比尼泽·爱德华·葛斯特罗（Ebenezer
Edward Gostelow，1866—1944）
触须裂缘兰等*Symphyonema padulosum,
Caladenia dilatata, Pterostylis acuminata*
（Greenhood）（局部） 1924年9月
水彩画；33.5厘米×24.2厘米
图片收藏
nla.pic-an6132080

第45页
埃比尼泽·爱德华·葛斯特罗（Ebenezer
Edward Gostelow，1866—1944）

飞鸭兰*Caleana major*（*Cockatoo Orchid*），
具瘤火豆木*Pultenaea elliptica*，灯芯草状柳
条豆*Viminaria denudata*　1923年10月
水彩画；33.5厘米×24.2厘米
图片收藏
nla.pic-an6132923

第46页
哈罗德·约翰·格雷厄姆（Harold John
Graham，1858—1929）
紫红胡须兰、硫黄双尾兰，塔斯马尼亚
1882年
水彩画；14.6厘米×9厘米
图片收藏
nla.pic-an6439332

第47页
亚当·福斯特（Adam Forster，1848—1928）
田野胡须兰*Calochilus paludosus, Calochilus
campestris*，新南威尔士州　1917年
水彩画；39.3厘米×28.5厘米
图片收藏
nla.pic-an6160738

第48页
亚当·福斯特（Adam Forster，1848—1928）
粗壮飞鸟兰*Chiloglottis gunnii*，新南威尔士
州　1924年1月24日
水彩画；39.3厘米×28.5厘米
图片收藏
nla.pic-an6160736

第49页
费迪南德·鲍尔（Ferdinand Bauer，1760—
1826）
二叶飞鸟兰*Chiloglottis diphylla*
《费迪南德·鲍尔的新荷兰岛植物群图册》
（*Ferdinandi Bauer Illustrationes Florae Novae
Hollandiae*）
（伦敦：Veneunt apud auctorem, 10 Russel

Street，Bloomsbury，1813）
澳大利亚善本收藏
nla.aus-f549-2x

第51页
苏珊·费里迪（Susan Fereday，1818—1878）
内弯铠兰*Corysanthea*　19世纪50年代
水彩画；16厘米×12厘米
图片收藏
nla.pic-an6120340

第52页
埃比尼泽·爱德华·葛斯特罗（Ebenezer
Edward Gostelow，1866—1944）
钻形隐柱兰*Cryptostylis longifolia*（*Duck
Orchid*），栎叶扭瓣花*Lomatia ilicifolia*
（*Native Holly*）、直立隐柱兰*Cryptostylis
erecta*（*Hooded Orchid*）、　1922年12月
水彩画；33.5厘米×24.2厘米
图片收藏
nla.pic-an6132878

第53页
亚当·福斯特（Adam Forster，1848—1928）
直立隐柱兰*Cryptostylis erecta*（局部）
1917年
水彩画；38.5厘米×28.5厘米
图片收藏
nla.pic-an6160581

第55页（左图）
玛格丽特·科克伦·斯科特（Margaret
Cochrane Scott，1825—1919）
肾形蚊兰*Acianthus*（*Mosquito orchid*）布莱
克伍德　19世纪90年代
水彩画；21.5厘米×9.5厘米
图片收藏
nla.pic-an10567802

第55页（右图）
罗伯特·戴维·菲茨杰拉德（Robert David
Fitzgerald, 1830—1892）
粗壮蚊兰Orchid 西澳大利亚奥尔巴尼　1881
年7月12日
铅笔画；26.3厘米×19厘米
图片收藏
nla.pic-an8390256

第56页
多萝西·英格利希·帕蒂（Dorothy English
Paty, 1805—1836）
花叶双足兰 Rose Orchid　1836年1月10日
水彩画；28.6厘米×34.7厘米
图片收藏
nla.pic-an3455898-3

第57页
埃利斯·罗曼（Ellis Rowan, 1848—1922）
玫红双足兰Diapodium punctatum　19世纪90
年代
水彩画；55厘米×38.2厘米
图片收藏
nla.pic-an6632767

第58页
玛丽安·柯林森·坎贝尔（Marrianne Collinson
Campbell, 1827—1903）
具鳞双足兰Dipodium punctatum（局部）
1844年
水彩画；13厘米×110厘米
图片收藏
nla.pic-vn3624267

第59页
亚当·福斯特（Adam Forster 1848—1928）
玫红双足兰Dipodium punctatum　1917年
水彩画；39厘米×28.2厘米
图片收藏
nla.pic-an6160334

第60页
约翰·亨特（John Hunter, 1737—1821）
金色双尾兰Golden Donkey Orchid（Diuris
aurea）（局部）　1788—1790年
水彩画；22.6厘米×18.3厘米
图片收藏
nla.pic-an3149906

第61页
玛丽安·柯林森·坎贝尔（Marrianne Collinson
Campbell, 1827—1903）
金色双尾兰、斑唇双尾兰、硫黄双尾兰 Diuris
punctata and Diuris sulphurea　1844年9月23日
水彩画；13厘米×10厘米
图片收藏
nla.pic-vn3624147

第62页（左）
玛格丽特·科克伦·斯科特（Margaret
Cochrane Scott, 1825—1919）
金牛双尾兰Diuris pedunculata（Ladies
Slipper）（局部）布莱克伍德　19世纪90
年代
水彩画；38厘米×13.7厘米
图片收藏
nla.pic-an10567582

第62页（右）
玛格丽特·科克伦·斯科特（Margaret
Cochrane Scott, 1825—1919）
金牛双尾兰×东方双尾兰　19世纪90年代
水彩画；38厘米×13.7厘米
图片收藏
nla.pic-an10567595

第63页（左）
金蛾双尾兰、茅膏菜Yellow Orchid，南澳大
利亚高山岭　1905年左右
水彩画；17.8厘米×12.8厘米
图片收藏

nla.pic-vn5973992

第63页（右）
赫尔曼M. R. 鲁普（Herman M.R. Rupp, 1872—1956）
拟石斛双尾兰*Diuris dendrobioides, Barrington Tops*　1924年12月
水彩画；17.8厘米×12.8厘米
图片收藏
nla.pic-an6160325

第64页
玛丽安·柯林森·坎贝尔（Marrianne Collinson Campbell, 1827—1903）
拟石斛双尾兰、金色束蕊花*Hibbertia ruqata*
19世纪
水彩画；22.7厘米×16厘米
图片收藏
nla.pic-vn3626359

第65页
玛丽安·柯林森·坎贝尔（Marrianne Collinson Campbell, 1827—1903）
西方双尾兰等*Dianella caerulea, Joycea pallida, Diuris maculata, Centaurium spicatum*　19世纪40年代
水彩画；30厘米×23.4厘米
图片收藏
nla.pic-vn3621870

第66页
亚当·福斯特（Adam Forster, 1848—1928）
双尾兰*Diuris maculata*　1921年7月3日
水彩画；39厘米×28.5厘米
图片收藏
nla.pic-an6160323

第67页
费迪南德·鲍尔（Ferdinand Bauer, 1760—1826）

双尾兰*Diuris maculata*
《费迪南德·鲍尔的澳大利亚花卉图册》
（*The Australian Flower Paintings of Ferdinand Bauer*）图23，威廉·T. 斯特恩（William T. Stearn）
（伦敦：The Basilisk Press, 1976）
澳大利亚善本收藏
nla.cat-vn1575407

第68页
苏珊·费里迪（Susan Fereday, 1818—1878）
东方双尾兰*Diuris corymbosa* var.（局部）　19世纪50年代
水彩画；23.7厘米×16.1厘米
图片收藏
nla.pic-an6120333

第69页（左图）
玛格丽特·科克伦·斯科特（Margaret Cochrane Scott, 1825—1919）
沼生双尾兰*Diuris palustris*，诺顿峰　19世纪90年代
水彩画；27.4厘米×9.5厘米
图片收藏
nla.pic-an10567812

第69页（右图）
东方双尾兰*Brown and Yellow Orchid*，南澳大利亚高山岭　1905年左右
水彩画；17.8厘米×12.8厘米
图片收藏
nla.pic-vn5973975

第70页
亚当·福斯特（Adam Forster, 1848—1928）
斑唇双尾兰*Diuris punctata*　1926年10月11日
水彩画；38.5厘米×28.8厘米
图片收藏
nla.pic-an6160318

第71页
埃比尼泽·爱德华·葛斯特罗（Ebenezer
Edward Gostelow, 1866—1944）
斑唇双尾兰*Diuris elongata*（*Purple Double-
tail*），*Diuris punctata* 1926年9月
水彩画；33.5厘米×24.2厘米
图片收藏
nla.pic-an6132098

第72页
玛丽安·柯林森·坎贝尔（Marrianne Collinson
Campbell, 1827—1903）
兜状兔兰*Eriochilus cucullatus* 1844年
水彩画；9.2厘米×5.7厘米
图片收藏
nla.pic-vn3621757

第73页
约翰·亨特（John Hunter, 1737—1821）
大蜡唇兰*Native Fuchsia*（*Epacris longiflora*）
and Purple Waxlip Orchid（局部） 1788—
1790年
水彩画；22.6厘米×18.3厘米
图片收藏
nla.pic-an3172010

第74页
乔治·雷珀（George Raper, 1769—1796）
大蜡唇兰*Noisy Miner*（*Manorina
melanocephala*） 1788年
水彩画；32.1厘米×20.4厘米
图片收藏
nla.pic-vn3579144

第75页（左图）
玛格丽特·科克伦·斯科特（Margaret Cochrane
Scott, 1825—1919）
大蜡唇兰*Glossodia major*（*White*），诺顿
峰 19世纪90年代
水彩画；21.5厘米×9.5厘米

图片收藏
nla.pic-an10567678

第75页（右图）
玛格丽特·科克伦·斯科特（Margaret Cochrane
Scott, 1825—1919）
大蜡唇兰*Glossodia major* 19世纪90年代
水彩画；38厘米×13.8厘米
图片收藏
nla.pic-an10567694

第76页
哈罗德·约翰·格雷厄姆（Harold John
Graham, 1858—1929）
大蜡唇兰*Purple Orchis*，塔斯马尼亚岛
1882年
水彩画；13.6厘米×7.2厘米
图片收藏
nla.pic-an6439335

第77页
大蜡唇兰*Purple Orchid*，南澳大利亚高山岭
（局部） 1905年左右
水彩画；17.8厘米×12.8厘米
图片收藏
nla.pic-vn5974004

第78页
亚当·福斯特（Adam Forster, 1848—
1928）
大蜡唇兰&小蜡唇兰*Glossodia major and
minor*，新南威尔士州 1924年
水彩画；39厘米×29.2厘米
图片收藏
nla.pic-an6181569

第80页
罗伯特·戴维·菲茨杰拉德（Robert David
Fitzgerald, 1830—1892）
野兔兰、小野兔兰*Caladenia menziesii and*

186

Leptoceras fimbriata 1889年
《澳洲兰花》(*Australian Orchids*)第二卷
第四部分，罗伯特·戴维·菲茨杰拉德
（悉尼：Thomas Richards，政府出版商，1893）
澳大利亚善本图书收藏
nla.aus-f9623-2-5x

第81页
罗伯特·戴维·菲茨杰拉德（1830—1892，
画家），阿瑟·J. 斯托普斯（1833—1931，刻
印师）
鹤顶兰 *Phaius grandifolius* 1893年
《澳洲兰花》(*Australian Orchids*)第二卷
第五部分，罗伯特·戴维·菲茨杰拉德
（悉尼：Thomas Richards，政府出版商，
1893）
澳大利亚善本图书收藏
nla.aus-f9623-2-2x

第83页
埃利斯·罗曼（Ellis Rowan，1848—1922）
鹤顶兰、四角石斛、美味石斛 *Phaius
tankervilleae, Dendrobium cacatua,
Dendrobium × delicatum* 1867年
水彩画；54.7厘米×38厘米
图片收藏
nla.pic-an6732414

第84页
埃比尼泽·爱德华·葛斯特罗（Ebenezer
Edward Gostelow，1866—1944）
高山韭兰 *Sprengelia incarnata*（*Native
Heath*），*Prasophyllum elatum*（*Tall Leak
Orchid*）（局部） 1922年9月
水彩画；33.5厘米×24.2厘米
图片收藏
nla.pic-an6132863

第85页
亚当·福斯特（Adam Forster，1848—1928）

高山韭兰 *Prasophyllum elatum*（局部）
1917年9月
水彩画；39.5厘米×28.5厘米
图片收藏
nla.pic-an6160187

第86页
罗伯特·戴维·菲茨杰拉德（Robert David
Fitzgerald，1830—1892）
穗状韭兰 *Orchid*，西澳大利亚奥尔巴尼 1881
年7月19日
水彩画；38厘米×26.6厘米
图片收藏
nla.pic-an8390274

第88页
亚当·福斯特（Adam Forster，1848—1928）
浸会翅柱兰 *Pterostylis baptistii*，新南威尔士
州 1923年9月22日
水彩画；38.5厘米×28.5厘米
图片收藏
nla.pic-an6160169

第89页
埃比尼泽·爱德华·葛斯特罗（Ebenezer
Edward Gostelow，1866—1944）
长毛翅柱兰、浸会翅柱兰、禾叶石斛
*Dendrobium gracilicaule, Pterostylis rufa,
Pterostylis baptistii* 1926年9月
水彩画；33.5厘米×24.2厘米
图片收藏
nla.pic-an6134095

第90页
罗伯特·戴维·菲茨杰拉德（Robert David
Fitzgerald，1830—1892，画家），阿瑟·J.
斯托普斯（Arthur J. Stopps，1833—1931，
刻印师）
下弯翅柱兰 *Pterostylis recurva*，须唇翅柱兰
Pterostylis turfosa 1882年

《澳洲兰花》（*Australian Orchids*）第二卷
第二部分，罗伯特·戴维·菲茨杰拉德
（悉尼：Thomas Richards，政府出版商，
1893）
澳大利亚善本图书收藏
nla.aus-f9623-2-8x

第91页
亚当·福斯特（Adam Forster，1848—1928）
猩红翅柱兰*Pterostylis coccinea*，新南威尔士
州（局部） 1928年1月20日
水彩画；38.5厘米×28.8厘米
图片收藏
nla.pic-an6160167

第92页
绿花翅柱兰*Orchid* 1842年
水彩画；22.5厘米×18.3厘米
图片收藏
nla.pic-an6243504

第93页
亚当·福斯特（Adam Forster，1848—1928）
雨林翅柱兰、翅柱兰*Two Forms of Pterostylis
curta*，新南威尔士州 1920年、1924年
水彩画；39.3厘米×28.5厘米
图片收藏
nla.pic-an6160174

第94页
凯瑟琳·麦克阿瑟（Kathleen McArthur，
1915—2000）
大花翅柱兰*Superb Greenhood*，昆士兰莫达
山 1981年6月21日
铅笔画、水彩画；28.9厘米×19.8厘米
图片收藏
nla.pic-an8765271

第95页
费迪南德·鲍尔（Ferdinand Bauer，1760—

1826年）
大花翅柱兰*Pterostylis grandiflora*
《费迪南德·鲍尔的新荷兰岛植物群图册》
（*Ferdinandi Bauer Illustrationes Florae Novae
Hollandiae, Sive, Icones Generum Quae in
Prodromo Florae Novae Hollandiae et Insulae
Van Diemen descripsit Robertus Brown*）
（伦敦：Veneunt apud auctorem, 10 Russel
Street, Bloomsbury, 1813）
澳大利亚善本收藏
nla.aus-f549-1x

第96页
哈罗德·约翰·格雷厄姆（Harold John
Graham，1858—1929）
垂序翅柱兰*Orchids from Knocklofty* 1882年
水彩画；6.3厘米×5.3厘米
图片收藏
nla.pic-an6441295

第97页
苏珊·费里迪（Susan Fereday，1818—1878）
具梗翅柱兰*Pterostylis obtusa* 19世纪50
年代
水彩画；22.4厘米×14.5厘米
图片收藏
nla.pic-an6120334

第98页（左图）
玛格丽特·科克伦·斯科特（Margaret
Cochrane Scott，1825—1919）
羽毛状翅柱兰*Pterostylis barbata*（*Green
Goblin*），布莱克伍德 19世纪90年代
水彩画；38厘米×13.7厘米
图片收藏
nla.pic-an10567760

第98页（右图）
罗伯特·戴维·菲茨杰拉德（Robert David
Fitzgerald，1830—1892）

须唇翅柱兰*Orchid*，西澳大利亚奥尔巴尼
1881年
铅笔画；38厘米×26.6厘米
图片收藏
nla.pic-an8390281

第99页
玛格丽特·科克伦·斯科特（Margaret
Cochrane Scott，1825—1919）
粗壮翅柱兰*Pterostylis curta*（*Green
Goblin*），布莱克伍德 19世纪90年代
水彩画；21.3厘米×9.5厘米
图片收藏
nla.pic-an10566355

第100页（左图）
玛丽安·柯林森·坎贝尔（Marianne Collinson
Campbell，1827—1903）
变红翅柱兰、披散银桦*Pterostyles* 1844年
水彩画；7厘米×8厘米
图片收藏
nla.pic-vn3621834

第100页（右图）
罗伯特·戴维·菲茨杰拉德（Robert David
Fitzgerald，1830—1892）
紫红纹蓬兰*Orchid*，西澳大利亚珀斯（局
部） 1881年7月28日
水彩画；26.6厘米×19厘米
图片收藏
nla.pic-an8390283

第101页
罗伯特·戴维·菲茨杰拉德（Robert David
Fitzgerald，1830—1892）
纵纹翅柱兰*Orchid*，西澳大利亚 1881年
铅笔画；38厘米×26.6厘米
图片收藏
nla.pic-an8390266

第103页
亚当·福斯特（Adam Forster，1848—1928）
红喙兰*Lyperanthus nigricans*，长湾；马鲁布
拉潟湖的花蕾，新南威尔士州 1921年9月8
日；1923年7月12日
水彩画；39.3厘米×28.5厘米
图片收藏
nla.pic-an9101526

第104页
玛格丽特·科克伦·斯科特（Margaret
Cochrane Scott，1825—1919）
侧帆柱帽兰*Thelymitra antennifera* 19世纪
90年代
水彩画；38厘米×13.7厘米
图片收藏
nla.pic-an10567493

第105页
范妮·安妮·查斯利（Fanny Anne Charsley，
1828—1915）
似谷莺尾柱帽兰、具耳柱帽兰、葱水仙、
盘丝百合、伞序盘丝百合*Thelymitra ixioides,
Thelymitra aristata, Burchardia umbellata, Stypandra
caespitosa, Stypandra umbellata* 1867年
水彩画&铅笔画；36.8厘米×26.7厘米
图片收藏
nla.pic-an10265470

第106页
玛丽安·柯林森·坎贝尔（Marianne
Collinson Campbell，1827—1903）
似谷莺尾柱帽兰、茜色车叶梅*Thelymitra
ixioides, Bauera rubroefolia* 1848年
水彩画；18.5厘米×14.1厘米
图片收藏
nla.pic-vn3623954

第107页（左图）
约翰·亨特（John Hunter，1737—1821）

似谷莺尾柱帽兰*Dotted Sun Orchid*
（*Thelymitra ixioides*）（局部） 1788—
1790年
水彩画；22.6厘米×18.3厘米
图片收藏
nla.pic-an3149787

第107页（右图）
亚当·福斯特（Adam Forster，1848—
1928）
似谷莺尾柱帽兰*Thelymitra ixioides*，新南威
尔士州 1925年左右
水彩画；39.3厘米×28.5厘米
图片收藏
nla.pic-an6159784

第108页
埃比尼泽·爱德华·葛斯特罗（Ebenezer
Edward Gostelow，1866—1944）
绯红鸲鹟，似谷莺尾柱帽兰*The Scarlet
Robin*（*Petroica multicolor*），*Spotted Orchid*
（*Thelymitra ixioides*）（局部） 1931年
水彩画；41.3厘米×30.5厘米
图片收藏
nla.pic-an6134095

第109页
凯瑟琳·麦克阿瑟（Kathleen McArthur，
1915—2000）
似谷莺尾柱帽兰*Sun Orchid, Thelymitra
ixioides* 1960年左右
照相制版印刷画；43厘米×28.9厘米
图片收藏
nla.pic-an23764542

第110页
玛丽安·柯林森·坎贝尔（Marrianne Collinson
Campbell，1827—1903）
裸柱帽兰和其他4个物种*Comesperma
ericinum, Gompholobium latifolium and Four*

Other Species 19世纪
水彩画；26.7厘米×22.2厘米
图片收藏
nla.pic-vn3624523

第111页（左图）
玛格丽特·科克伦·斯科特（Margaret
Cochrane Scott，1825—1919）
裸柱帽兰*Caladenia nuda, Native Hyacinth*，
诺顿峰 19世纪90年代
水彩画；38厘米×27.3厘米
图片收藏
nla.pic-an10567476

第111页（右图）
玛格丽特·科克伦·斯科特（Margaret
Cochrane Scott，1825—1919）
红色柱帽兰*Thelymitra rubra*，诺顿峰 19世
纪90年代
水彩画；38厘米×13.7厘米
图片收藏
nla.pic-an10567563

第112页
裸柱帽兰*Orchid* 1842年
水彩画；23.5厘米×19.4厘米
图片收藏
nla.pic-an6244734

第113页
亚当·福斯特（Adam Forster，1848—1928）
条纹柱帽兰*Thelymitra venosa* 1925年11月
16日
水彩画；38.5厘米×28.5厘米
图片收藏
nla.pic-an6160315

第115页
见124页标题

第117页
亚当·福斯特（Adam Forster，1848—1928）
弱小石豆兰*Bulbophyllum exiguum*，新南威
尔士州　1924年4月10日
水彩画；39厘米×28.5厘米
图片收藏
nla.pic-an6160561

第118页
罗伯特·戴维·菲茨杰拉德（Robert David
Fitzgerald，1830—1892，画家）
果蝇石豆兰、长花石豆兰*Bolbophyllum
baileyi, Cirrhopetalum clavigerum*　1891年
《澳洲兰花》（*Australian Orchids*）第二卷
第五部分，罗伯特·戴维·菲茨杰拉德
（悉尼：Thomas Richards，政府出版商，
1893）
澳大利亚善本图书收藏
nla.aus-f9623-2-4x

第119页
亚当·福斯特（Adam Forster，1848—
1928）
菠萝兰*Bulbophyllum baileyii*（局部）　1919
年9月8日
水彩画；39厘米×28.5厘米
图片收藏
nla.pic-an6160560

第120页
罗伯特·戴维·菲茨杰拉德（Robert David
Fitzgerald，1830—1892，画家），阿瑟·J.
斯托普斯（Arthur J. Stopps，1833—1931，
刻印师）
小睫毛兰（*Osyricera*）*Bulbophyllum
purpurascens, Bulbophyllum lichenastrum*（局
部）　1893年
《澳洲兰花》（*Australian Orchids*）第二卷
第五部分，罗伯特·戴维·菲茨杰拉德
（悉尼：Thomas Richards，政府出版商，

1893）
澳大利亚善本图书收藏
nla.aus-f9623-2-11x

第121页
埃利斯·罗曼（Ellis Rowan，1848—1922）
沟叶兰*Cymbidium canaliculatum*，昆士兰库
克敦　1891年
水彩画；53.8厘米×37.5厘米
图片收藏
nla.pic-an6649859

第123页
亚当·福斯特（Adam Forster，1848—1928）
沟叶兰*Cymbidium canaliculatum*　1924年11
月7日
水彩画；39厘米×28.5厘米
图片收藏
nla.pic-an6160793

第123页
费迪南德·鲍尔（Ferdinand Bauer，1760—
1826）
甜味兰*Cymbidium suave, Grassy Orchid*
1801—1803年，出版于1995年
Nokomis出版社复制，原版藏于英国自然历
史博物馆
手工彩印；53.1厘米×35.8厘米
图片收藏
nla.cat-vn766378

第125页
埃利斯·罗曼（Ellis Rowan，1848—1922）
沟叶兰*Cymbidium* sp.　1891年
水彩画；56厘米×38厘米
图片收藏
nla.pic-an23309851

第127页
埃利斯·罗曼（Ellis Rowan，1848—1922）

双峰石斛*Vappodes bigibba, Family Orchidaceae, the Mauve Butterfly Orchid*，昆士兰　1887年
水彩画；55厘米×38厘米
图片收藏
nla.pic-an6723390

第128页
埃利斯·罗曼（Ellis Rowan，1848—1922）
双峰石斛、细管石斛*Vappodes bigibba, Mauve Butterfly Orchid, Cepobaculum canaliculatum, Brown Tree Orchid, Dischidia nummularia, Button Plant*，星期四岛、昆士兰　1891年
水彩画；54.7厘米×38厘米
图片收藏
nla.pic-an6732415

第129页
埃利斯·罗曼（Ellis Rowan，1848—1922）
双峰石斛、绿花石斛*Cooktown Orchid（Dendrobium bigibbum, Dendrobium bifalce）*　1891年
水彩画；54.7厘米×38厘米
图片收藏
nla.pic-an6732419

第130页
埃利斯·罗曼（Ellis Rowan，1848—1922）
柱叶石斛*Dendrobium teretifolium*　19世纪80年代
水彩画；56厘米×38厘米
图片收藏
nla.pic-an6732419

第131页
罗伯特·戴维·菲茨杰拉德（Robert David Fitzgerald，1830—1892，画家），阿瑟·J.斯托普斯（Arthur J. Stopps，1833—1931，刻印师）
细管石斛*Dendrobium canaliculatum*　1877年
《澳洲兰花》（*Australian Orchids*）第一卷

第三部分，罗伯特·戴维·菲茨杰拉德
（悉尼：Thomas Richards，政府出版商，1893）
澳大利亚善本图书收藏
nla.aus-f9623-1-2x

第132页
亚当·福斯特（Adam Forster，1848—1928）
澳洲石斛*Dendrobium kingianum*（局部）
1920年10月10日
水彩画；39厘米×28.5厘米
图片收藏
nla.pic-an6160791

第133页
埃利斯·罗曼（Ellis Rowan，1848—1922）
拉氏石斛*Dendrobium fusiforme*　19世纪80年代
水彩画；54.5厘米×38厘米
图片收藏
nla.pic-an6735305

第134页
亚当·福斯特（Adam Forster，1848—1928）
牛舌石斛*Dendrobium linguiforme*　1918年10月9日
水彩画；28.5厘米×38.3厘米
图片收藏
nla.pic-an6160538

第135页
凯瑟琳·麦克阿瑟（Kathleen McArthur，1915—2000）
单叶石斛*Lily of the Valley Orchid, Dendrobium monophyllum*，昆士兰　1959年
铅笔画&水彩画；29.2厘米×22.9厘米
图片收藏
nla.pic-an8765276

第136页
珍妮特·奥康纳（Janet O'Connor，活跃于

19世纪80年代）

大序石斛*Dendrobium stuartii*，布里斯班
1884年2月7日
水彩画&蜡笔画；26.7厘米×24厘米
图片收藏
nla.pic-an6243453

第137页
罗伯特·戴维·菲茨杰拉德（Robert David
Fitzgerald，1830—1892）
蝴蝶石斛*Phalaenopsis* 19世纪70年代
水彩画&淡水彩画；26.7厘米×24厘米
图片收藏
nla.pic-an6243179

第138页
罗伯特·戴维·菲茨杰拉德（Robert David
Fitzgerald，1830—1892）
单叶石斛*Sketch of an Orchid* 19世纪70年代
铅笔画；23厘米×30.2厘米
图片收藏
nla.pic-an6243183

第139页
埃利斯·罗曼（Ellis Rowan，1848—1922）
宁氏石斛*Dendrobium tofftii* 1887年左右
水彩画；56厘米×38厘米
图片收藏
nla.pic-an6730540

第140页
罗伯特·戴维·菲茨杰拉德（Robert David
Fitzgerald，1830—1892，画家），阿瑟·J.
斯托普斯（Arthur J. Stopps，1833—1931,
刻印师）
蝴蝶石斛*Dendrobium phalaenopsis* 1880年
《澳洲兰花》（*Australian Orchids*）第一卷
第七部分，罗伯特·戴维·菲茨杰拉德
（悉尼：Thomas Richards，政府出版商,
1882）

澳大利亚善本图书收藏
nla.aus-f9623-1-5x

第141页
亚当·福斯特（Adam Forster，1848—1928）
细瓣石斛*Dendrobium aemulum*，新南威尔士
州 1919年9月8日
水彩画；38.5厘米×28.2厘米
图片收藏
nla.pic-an6160570

第142页
罗伯特·戴维·菲茨杰拉德（Robert David
Fitzgerald，1830—1892，画家），阿瑟·J.
斯托普斯（Arthur J. Stopps，1833—1931,
刻印师）
绿宝石石斛 1879年
《澳洲兰花》（*Australian Orchids*）第一卷
第七部分，罗伯特·戴维·菲茨杰拉德
（悉尼：Thomas Richards，政府出版商，1882）
澳大利亚善本图书收藏
nla.aus-f9623-1-4x

第143页
埃利斯·罗曼（Ellis Rowan，1848—1922）
棕树蛇&绿宝石石斛*Coelandria smilliae,
White-flowered Variety, Mackay*，昆士
兰 1887年
水彩画；54.7厘米×38厘米
图片收藏
nla.pic-an6731158

第144页
埃利斯·罗曼（Ellis Rowan，1848—1922）
大明石斛*Thelychiton speciosus, Sydney Rock
Orchid or Rock Lily*，新南威尔士州 19世纪
80年代
水彩画；54.5厘米×38厘米
图片收藏
nla.pic-an6722785

第145页
玛丽安·柯林森·坎贝尔（Marianne Collinson Campbell，1827—1903）
大明石斛*Rock Lily, Dendrobium* 19世纪40年代
水彩画；30.5厘米×23.1厘米
图片收藏
nla.pic-vn3565929

第146页（上图）
亚当·福斯特（Adam Forster，1848—1928）
大明石斛*Dendrobium speciosum*（*Rocklily*）*Waterfall*，新南威尔士州 1926年9月
水彩画；28厘米×38厘米
图片收藏
nla.pic-an6160351

第146页（下图）
多萝西·英格利希·帕蒂（Dorothy English Paty，1805—1836）
大明石斛*Native Rock Lily*，纽卡斯尔 1835年9月
水彩画；28.6厘米×34.7厘米
图片收藏
nla.pic-an3455898-4

第147页
哈罗德·约翰·格雷厄姆（Harold John Graham，1858—1929）
戴维斯夫人温室里的大明石斛*Sydney Rock Lilly from Mrs Davies Conservatory* 1883年
水彩画；24.4厘米×14.5厘米
图片收藏
nla.pic-an6441272

第148页
埃利斯·罗曼（Ellis Rowan，1848—1922）
石斛杂交品种*Dendrobium×superbiens*，昆士兰萨默塞特 1891年
水彩画；54.5厘米×37.8厘米

图片收藏
nla.pic-an6731145

第149页
埃利斯·罗曼（Ellis Rowan，1848—1922）
柱叶石斛*Dendrobium teretifolium* 1887年左右
水彩画；54.5厘米×38厘米
图片收藏
nla.pic-an6649854

第150页
多萝西·英格利希·帕蒂（Dorothy English Paty，1805—1836）
柱叶石斛*Parasitical Plant*，纽卡斯尔 1836年8月11日
水彩画&铅笔画；28厘米×68厘米
图片收藏
nla.pic-an3455898-7

第151页
亚当·福斯特（Adam Forster，1848—1928）
蜘蛛石斛*Dendrobium tetragonum*（局部） 1919年9月1日
水彩画；39.5厘米×28.5厘米
图片收藏
nla.pic-an6160337

第152页
费迪南德·鲍尔（Ferdinand Bauer，1760—1826）
异色石斛*Dendrobium discolour, Golden Orchid*（局部）绘于1801年，出版于1995年Nokomis出版社复制，原版藏于英国自然历史博物馆
手工彩印；53厘米×35.7厘米
图片收藏
nla.cat-vn766400

第153页
埃利斯·罗曼（Ellis Rowan，1848—1922）
异色石斛*Dendrobium* 19世纪90年代
水彩画；54.5厘米×38厘米
图片收藏
nla.pic-an6732402

第154页
罗伯特·戴维·菲茨杰拉德（Robert David
Fitzgerald，1830—1892，画家），阿瑟·J.
斯托普斯（Arthur J. Stopps，1833—1931，
刻印师）
苞荚兰*Caleola ledgerii* 1882年
《澳洲兰花》（*Australian Orchids*）第二卷
第二部分，罗伯特·戴维·菲茨杰拉德
（悉尼：Thomas Richards，政府出版商，
1882）
澳大利亚善本图书收藏
nla.aus-f9623-2-9x

第156页
罗伯特·戴维·菲茨杰拉德（Robert David
Fitzgerald，1830—1892，画家），阿瑟·J.
斯托普斯（Arthur J. Stopps，1833—1931，
刻印师）
糙根兰*Sarcochilus divitiflorus* 1878年
《澳洲兰花》（*Australian Orchids*）第一卷
第六部分，罗伯特·戴维·菲茨杰拉德
（悉尼：Thomas Richards，政府出版商，
1882）
澳大利亚善本图书收藏
nla.aus-f9623-1-3x

第157页
亚当·福斯特（Adam Forster，1848—1928）
糙根兰*Sarcochilus divitiflorus* 1925年11月
1日
水彩画；39厘米×28.8厘米
图片收藏
nla.pic-an6159810

第159页
亚当·福斯特（Adam Forster，1848—1928）
肉唇兰*Sarochilus falcatus* 1920年10月10日
水彩画；38.3厘米×28.5厘米
图片收藏
nla.pic-an6159809

第160页
亚当·福斯特（Adam Forster，1848—1928）
菲茨狭唇兰*Sarcochilus fitzgeraldi*，昆士
兰 1925年10月24日
水彩画；39.3厘米×28.8厘米
图片收藏
nla.pic-an6159807

第161页
罗伯特·戴维·菲茨杰拉德（Robert David
Fitzgerald，1830—1892）
菲茨狭唇兰*Sarcochilus fitzgeraldi* 1877年
《澳洲兰花》（*Australian Orchids*）第一卷
第三部分，罗伯特·戴维·菲茨杰拉德
（悉尼：Thomas Richards，政府出版商，
1882）
澳大利亚善本图书收藏
nla.aus-f9623-1-1x

第162页
亚当·福斯特（Adam Forster，1848—1928）
希尔狭唇兰*Sarcochilus hillii* 1925年1月1日
水彩画；39.3厘米×28.5厘米
图片收藏
nla.pic-an6159800

第163页
亚当·福斯特（Adam Forster，1848—1928）
小花狭唇兰*Sarcochilus olivaceus*，（局部）
新南威尔士州 1923年11月8日
水彩画；39厘米×28.5厘米
图片收藏
nla.pic-an6159796

著作权合同登记号：图字 01-2023-4831

Original title: *The Allure of Orchids*
First published by NLA Publishing, the National Library of Australia's publishing unit.
Text © Mark A. Clements

The simplified Chinese translation rights arranged through Rightol Media（本书中文简体版权经由锐拓传媒取得 Email: copyright@rightol.com）

图书在版编目（CIP）数据

兰 /（澳）马克·A.克莱门茨著 ；徐嘉译 . — 北京 ：
北京出版社，2024.3
书名原文：The Allure of Orchids
ISBN 978-7-200-13563-3

Ⅰ. ①兰… Ⅱ. ①马… ②徐… Ⅲ. ①散文集—澳大
利亚—现代 Ⅳ. ①I611.65

中国版本图书馆 CIP 数据核字（2017）第 282804 号

兰
LAN
〔澳〕马克·A.克莱门茨　著　徐嘉　译

出　　　版　北京出版集团
　　　　　　北 京 出 版 社
地　　　址　北京北三环中路 6 号
邮　　　编　100120
网　　　址　www.bph.com.cn
总 发 行　北京出版集团
印　　　刷　北京华联印刷有限公司
经　　　销　新华书店
开　　　本　787 毫米 ×1092 毫米　1/16
印　　　张　13.25
字　　　数　120 千字
版　　　次　2024 年 3 月第 1 版
印　　　次　2024 年 3 月第 1 次印刷
书　　　号　ISBN 978-7-200-13563-3
定　　　价　98.00 元

如有印装质量问题，由本社负责调换
质量监督电话　010-58572393